ハリネズミ乙女、はじめての恋

Hiroko Reijo

令丈ヒロ子

角川書店

目次

プロローグ　4
1. 幸せな気分で　8
2. 出会い　20
3. 心の採用　36
4. 給料日　49
5. お誘い　62
6. 商品だから　75
7. 声が重なる　92
8. お兄ちゃんの心配　106
9. ハリ乙女　119
10. ちゃんとかわいい動画を　132
11. 収録日と放送日　144
12. 予想外だったこと　161
13. あいさつ問題　179
14. 実家　192
15. 絶好調の日　210
16. 星村くん　224
17. お別れ　241
18. 春　257

装画　中田いくみ
装丁　坂詰佳苗

ハリネズミ乙女、はじめての恋

プロローグ

小さい頃からわたしは、お母さんが苦手だった。大嫌いというわけじゃないのだけど、でも、生き生きと若い頃の話を語るその声が、大の苦手だった。やたらよく響いて、空気が騒ぎ出すその感じがうっとうしかった。

おばあちゃんの部屋に行くと、ほっとした。

いつも和風のいいにおいがした。仏壇のお線香が、もっとフローラルになったような感じの。畳の部屋なのも好きだった。

おばあちゃんの部屋に行くのは、たいてい夜で、眠れないときだった。

廊下の向こうから大人達の、うわあっと大きな笑い声がするのが、うるさくて眠れない。

一番大きな笑い声は、お母さん。

ぐあっはっは。

お母さんの笑い声は、がさがさしていてきれいじゃない。

なのに、めっちゃよく通る。

笑い声に、集まった芸人達のツッコミが入る。

「笑い声大きすぎでっせ、みつよねえさん」

「ここ劇場とちがいますよ。天井飛びますがな」

「そら声量には自信あるで。マイクなしでも劇場のすみまで届かしたったもん。ほんで、うちがアイドルみたいなかわいい笑顔であいさつした後、このおっさん笑いしたら、うわあっと、お客さんが全員笑った。もう、赤ん坊から年寄りまで、みんなやで」

「昔のビデオ見せていただきました。もう、ねえさんらが出てきただけで、歓声がすごくて」

「ほんま、すごいですね！　しばらくねえさんらがネタに入った声が聞こえへんぐらい」

「まあな。あの頃のチェリーカンは、今の若手とは比べ物にならへんぐらいの人気やったわ。日本中の人気者や」

いつもの会話。

聞き飽きた自慢話。

お父さんの会社に所属している若い芸人達だって、もう暗記するぐらいその話を聞いているはずなのに、必ず、初めて聞いたような感じで、話を盛り上げる。

お父さんはどこか地方に行って留守か、家にいても疲れて先に寝てしまう。お母さんは、この話をするのが大好きで、集まった芸人達が話をふってくれるのを待っている。

わたしは、お母さんの、「人気者だった頃」を語るその声が、特に苦手だ。

その話になると、お母さんはもうお母さんじゃなくて、別の、強力なパワーを持ったおかしな生き物に変わってしまう。

お母さんのあの声を聞いたら、なぜか、くっと体が硬くなって目が冴《さ》えてしまうのだ。

おばあちゃんの声は好きだった。

大きい声を出しても、その質がお母さんとはぜんぜんちがう。

ふんわりと人を包み込むようなやわらかい布のような声とか、ぴーんと遠くまで伸びる、糸を張ったような力強い声とか。

お母さんとちがって、おばあちゃんは声を自在にあやつれる人だった。

それを聞く相手の気持ちを読んで、声の調子をいろんなふうに変えられる。

音曲漫才が専門で、歌や楽器の訓練をずっとおこたらない人だからかもしれない。それにお母さんみたいに引退しないで、ずっと現役の芸人だから、その違いかもしれない。

わたしは、だから、おばあちゃんに絵本を読んでもらうと安心した。

大好きなその絵本。

森のどうぶつ達と仲良くなれないひとりぼっちのちょっと変わった子が、人間の女の子と仲良くなる。

二人は、ずっと仲良し。永遠の仲良しになる。

そういうお話。

いつも同じ絵と話。いつものおばあちゃんの声。

だけど、わたしにはそれが大事だった。

うちは、にぎやかで、いつも誰かが出入りしていて、知らない人が居間でくつろいでいるとか、そういうのがふつうの家だった。

朝になって、そーっと起きていったら、大勢の大人が居間に倒れこんで寝ていることも、よくあったし、土曜も日曜も関係なかった。

わたしは笑い声に包まれて育ったが、それはわたしを喜ばそうとする笑いではなかった。うちで、ほめられたり、称賛されるのは結局は「お客様を喜ばせる笑い」イコール「プロの笑い」

だった。

テレビでたまに見る、幼い子どもの愛らしい失敗を家族で大笑いするシーン……わりとよくあるファミリービデオの……そういうほほえましい笑いは、うちにはなかった。

わたしは、大人達の笑い声が漏れ聞こえてきても、聞こえないふりで、おばあちゃんの声に耳を澄ませた。

「同じ話ばかりであきないのかい」

ある日、おばあちゃんが尋ねてきた。

「ううん。おばあちゃんの声、毎日ふんいきがちがうし」

すると、おばあちゃんがおや、という顔をした。

「わかるのかい。コノカは耳がいいね」

「それにこのお話好き」

「どこが？」

「ほんとの仲良しになるから。それにずーっと仲良しが続くから。それって、難しい」

「そうだね。ほんとの仲良しになるのも難しいし、その仲良しがずっと続くのはもっと難しいことだね」

「うん」

わたしはうなずいた。

「コノカは、目もいいね。世の中のことをよく見ている」

「世の中のこと？　ううん。家の中のことしかわかんない」

「家の中の出来事っていうのは、世の中で起こることと根は同じさ」

おばあちゃんは、三味線を取り出した。

「じゃあ、今日は一つ、歌ってお話を読んでみようかね。ソレ」

おばあちゃんは広げた絵本を前に、三味線を、ゆるりと弾きだした。

「……ミイイーの、……くんわあああー♪　ひとりぼっちイイでしたっ、シャン」

わたしは、それを聞いて、小さく拍手した。

そして、声をあげて笑った。

1. 幸せな気分で

（ひまやな……、それにおなかすいた……）

ペットボトルの底に残ったピンクグレープフルーツジュースはあと一センチぐらい。

明るいショッピングビルのベンチに、朝からずっと座っている。

原宿《はらじゅく》と表参道《おもてさんどう》を何度も往復してぶらぶら歩き、今、ショッピングビルの中で休んでいる。ビルの入口近くにあるベンチに座って、通りを歩く女の子達を、ガラス越しに見てる。

金髪ツインテールに淡いピンクのニットにミニスカ、かわいい。やっぱ白っぽい金髪だとピンク合うなあ。

あ、赤ワイン色の髪に黒のゴスロリっぽいフリルワンピ。黒タイツのダイヤ模様もかわいい！

思い切りパンクよりも、パンク成分ちょっと混じるぐらいの方が、好き。

あのお姉さん、古城プリントのロング丈ワンピかー。パニエ控えめのロング丈だとロリもお嬢様ぽくていいな。

ここにいると、なごむ。明るくてあったかくて、それに好きなお店が近くにいっぱいある。売ってる服や靴や小物は高くて手が出ないけど、そこに出入りする、スイーツやおもちゃみたいにかわいいコーデの子達を見られる。

いくら見てても、誰にも注意されないし、誰もわたしを指ささないし。

（ああ、東京に出てきてよかったな……）

こういうとき、ほんとそう思う。


居酒屋のバイトを、とうとうやめてしまった。

お皿を洗ったり、厨房《ちゅうぼう》の掃除に専念していられたときは、それでよかった。

でも、人手が足りないからとフロアにまわされたときに、

（まずいかも……）

と思った。

わたしは、とろい。決まったことをそれだけやるのならともかく、いっぺんにたくさんのことが出来ない上に、急な出来事に弱い。

こっちで注文を取っているときに、後ろからビールを追加注文されると、もう焦る。

オーダーを忘れないうちにと、必死の早足で厨房に向かっていると、「おい！　さっきから声かけてんのに無視すんな！」と別のお客に怒鳴られる。それで頭が真っ白になり、オーダーが飛んでしまう。

トレイに料理をいっぱい載せて、一刻も早く目的のテーブルに届けたいときに、急に行く手をふさがれて、トイレどこ？　と聞かれる。料理がさめるとお客に文句を言われるかも……と気あせりすると、トイレの場所が思い出せなくなって、立ちすくんでしまう。

そのたびに、店長に叱られるし、ほかのフロアのバイトの人に、面倒がられる。

そのうち、店が混んでくると、こわくて体が震えるようになった。

「嶋本《しまもと》さん、大阪の人でしょ？　関西人って、ノリがよくてどんどんしゃべれてさ、しゃきしゃき動けるんじゃないの？　そう思ってフロアに入ってもらったんだけどさー」

店長が、困惑したように言った。

そんな関西人ばかりじゃありません。それは主にテレビのバラエティ番組でのイメージです。

「うちは別に、お客様とおしゃべりするお店じゃないんだし。料理の注文聞いて、運ぶだけで、何がそんなにこわいわけ？　お客様は取って食わないよ」

それはわかってます。お客がこわいんじゃなくて、それに対応出来ない自分のこわれっぷりがこわいんです。

そう内心言ってみるけど、口に出せるわけもない。

今日は、お客がコップを倒して冷たいビールがかかった。びっくりして料理の載ったトレイを落とした。テーブルや床やお客の服にシーザーサラダが飛び散った。

あやまらないといけない。早くかたづけないといけない。そう思った瞬間、立ちくらみがして（おなかすいてたから）、床にどろりと流れている温泉卵の上にひざをついてしまった。店内に悲鳴があがって子どもが泣きだした。

従業員用ロッカーの前で休んでいたら、ろうかでみんなが話し合う声が聞こえた。

バイトのメンバーが、口々に店長にうったえていた。

「店長……。嶋本さん……、今日みたいなことがまたあったらよくないと思います。もしかして割れた食器で、お客様がけがでもされたらまずいですよ」

「それに、オーダーの聞き直しとか、こぼした料理を作り直してもらったりとか……。嶋本さんのフォローで、忙しい時間帯なんか、みんなけっこう大変で」

「うーん。嶋本さんにも困ったもんだなあ。雑用でも、頼んだ仕事はていねいにやってくれるんだけど」

「そうなんですよね。それなりに一生懸命やってくれてるんですけど、なんかこう、どっかズレてるっていうか……完全にバックヤードに回ってもらうわけにはいかないんですか？」

「でも手が足りないのはフロアの方だしな……」

そんな会話が、聞いてくれといわんばかりに、ちょっとだけすき間が開いたドアの前でされていたら、それって「空気読んで」ってことだろうなと思った。

それで、自分からやめますって言った。これ以上、ご迷惑をかけてもいけないですし、と言ったら、みんなほっとしたように、うなずいた。

店長も、引きとめなかった。

急に優しい口調になったみんなに、

「嶋本さん、なんかさ、もっと自分に合ったバイト見つけた方がいいよ。急いで何かをしなくていいような仕事とか……」

「うんそうだよね。検品とか、ていねいな作業、むいてそう。そういうの、あったらいいね」

「次でがんばって。バイト代はまた精算して振り込むから」

などと、はげまされた。


それでわたしは、今日、ひまだった。

貯金ももうすぐ底をつくから、すぐに次のバイト先を探さなくてはいけない。

お金も仕事もなくて。

地下鉄赤塚《あかつか》駅から早足で徒歩八分のアパート、築三十六年の「未来荘」は六畳にトイレと小さいみずやがついているだけで、お風呂《ふろ》もない。家電は冷暖房どころかテレビも冷蔵庫もなくて。ついでに言うと友達も、カレシもいない（そもそも、どっちもいたことがない）上に、もう十九歳、しかもおなかもすいてるのって、悲惨？

他人が見たらそうかもだけど。そうでもない。実は気楽。

これでも、大阪より、ずっといいから。

東京のいい所。

キラキラしたかわいい子が、リアルにいっぱいいる。

原宿とかには、ロリータブランドのサイトとか、パンフとか、またはストリートファッション誌でしか見られないような、乙女ファッションをした子達が本当に歩いている。わたしは、甘ロリ衣装が大好きだが、着たことがないし、着ようとも思わなかった。

わたしは、リアルな乙女ファッションをした子達を、近くで見たかった。そういう子達が本当に生きて堂々と歩いている場所に、行きたかった。

初めて東京に来て、テレビや雑誌やネットでしか見たことのなかった表参道、それに原宿あたりを歩いたとき、すっごい解放感を感じた。

空気がまとわりつかなくて、さらさらしている感じ。

あと、アルバイトもしてみたかった。

わたしはクビ同然でバイトをやめたけど、それも、納得。

初めてバイトをして、どれだけ自分が「世の中のことを知らない」「使えない」「世間しらずのバカお嬢様」かをすがすがしいほど感じたから。

バイトの仲間は、みんな同い年か、ちょっと年上ぐらいの人だった。

みんなの話題に、どれ一つついていけず、わたしは、ずっと硬くなって話を聞いてきた。

(え、専門学校の学費、自分で働いて親に返してるんだ)

(大学の奨学金って、社会人になったらローンで返さなくちゃいけないんだ)

(お母さんも働いてるから、小学生のときから弟や妹のめんどうみて、家事をふつうにしながら受験勉強って……)

(離婚したお父さんからの養育費が振り込まれなくなったから、ちょっとでも時給のいいバイトに代わりたいって……)

わたしは、友達がいなかったから、そんな話を、直接聞くこともなかった。

それに通っていた高校もわりと地元では有名な私立で、学費を払うのも困るような家庭の子はあまりいなかった。

「びっくりするほど、何も出来なくて、世の中のことをぜんぜん知らない関西出身の、わりと裕福な家の子っぽい、すぐやめたバイトの子」

わたしはそういう者になれたのだ。

そして、みんなそんなわたしのことをすぐに忘れ、名前もすぐに思い出せなくなるだろう。

それが、すばらしい。

そんなことの、何がすばらしいと思うか？

じゃ、もし、自分が生まれ育ったその近所だけでなく、県単位で、行く先々の人みんなに自分を含め、自分の家族のことが知られていたら、どんな生活になると思う？

自分の知らない不特定多数の人達が、家族構成、家族の職業、日常エピソードから家族ヒストリーまで、知ってるのって。

「なあ、嶋本さんのおばあちゃんって嶋本蝶世《ちょうよ》・花世《はなよ》の花世さんやねんて？」

わたしが小さい頃から言われてきたこと、その1。

そう。おばあちゃんの芸名は嶋本花世。

相方の蝶世（おばあちゃんのお姉さん）が亡くなってから、漫才はしてない。でも、芸人は続けてるし、おじいちゃん、おばあちゃん世代には知名度が高い。お父さんお母さん世代でも「なつかしわー。小学生のときに毎日テレビの演芸番組で見てたよー、べんべんべんっ」と、三味線ギャグの口まねする人がいるぐらい。

これは、まだいい。おばあちゃんのことは好きだから。

クールでおしゃれだし、芸に厳しいストイックな感じだし、第一よけいなことは言わない人だし。

「嶋本さん、お母さんが『チェリーカン』のチェリーみつよって、ほんま?」

はい、わたしが言われてきたことその2。問題はここからです。

お母さんは、若いときに『チェリーカン』という女子漫才コンビを組んで、一時期お笑い界のアイドル的な売れ方をしてた。

お兄ちゃんがおなかに出来たのがきっかけで、結婚、同時にコンビ解散。

おばあちゃんみたいに筋の通った師匠クラスの人は、いいんです。

でも、お母さんみたいな「一回ちょっと人気者」になった人は、困る。昔はそれなりにかわいかったけど(当時の女芸人にしては、かわいいというレベル)、今や、もうぼってぼての下腹ぽっこりのおばちゃんで、芸も磨いてないのに、テレビ大好き。

「あの人は今!」的な仕事も、ほいほい受けて、家にテレビカメラ平気で入れるし。

昔のアイドル衣装(背中のファスナーを開けたまま、がお約束)でチェリーみつよ時代のギャグをやってはしゃぐし、恥ずかしい人でしかない。

お母さんの唯一のヒットギャグ「チェーリーぼむぼむぼむってぱん!」という、中途半端なリズムネタみたいなのを、お母さんといっしょにカメラの前でやらされていたけど、それもいじめられる原因になった。

「チェーリーぼむぼむぼむってぱん、やってみろよー！」

って、言われて無理やり校庭のど真ん中でやらされたり。

しかも、そのチェリーぼむぼむのふりつけが、下半身を前後にゆらすっていうやつで。

小さいときはわかってなかったけど、小学六年ぐらいになると、それって、エロい動きらしいってわかってきた。

町の中を歩いていても、

「あんたのお母さん、テレビで見たで！　また、チェリーぼむぼむやってはったで！」

と、半笑いで知らない人から声をかけられたりしたら、全身の毛が逆立つような感じになって、恥ずかしさで頭がおかしくなりそうだった。

で、中学時代は、ほぼ引きこもり。

学校もしょっちゅうさぼって、自分の部屋からなるべく出ないようにしていた。

この時期、お母さんとは口をきいてない。おばあちゃんやお父さんともほとんど会わないように時間帯をずらして、生活してた。たまに五歳上のお兄ちゃんが様子を見に来てくれるのだけが、やすらぎだった。

「なあなあ、嶋本さんのお兄さんって、『進撃《しんげき》スタンダード』のシマモっちゃんってほんま？」

この質問がよく言われてきたこと、その3。

お兄ちゃんが漫才師になるために、高校卒業と共に家を出て、快晴《かいせい》とおる師匠に弟子入りしたって聞いたときは、ほんとに脱力した。しばらくショックで、起きあがれなかったぐらいだった。

わたしが「ギャグやってみろやー、おもろいこと言うてみろや！」系のいじめにあっていたときに、

「そんなことぐらいで泣いてどうすんの！　なめられるだけやろ！　相手をのみこんだるぐらいの気、もたな。それにな、そういうのはチャンスでもあるんやで。そこでぽーんと一発おもしろいこと言うたら、一気に人気者になれて、おいしいんやで！」

と言って、「コノカのために考えたギャグ（しかも、チェリーぼむぼむの進化形）」を伝授してくるお母さんにたいして、

「そういうのは、まちがったポジティブシンキングや！」

と怒ってくれたのはお兄ちゃんだった。

「お母さんのギャグのせいでいじめにあってるコノカに、ギャグを強要するなんて、めっちゃ毒親や！　コノカは、あんなん本気で聞かんでエエ」

となぐさめてくれたお兄ちゃん。成績もよくて、芸人一家と言われることをけして喜んでなかったお兄ちゃん。きっといい大学に行って、有名な会社に勤めるとか、すごく頭のいい仕事につくんだと思っていたのに。

きっちり有望な新人漫才師としてデビューした。それも「進撃スタンダード」なんていう、おもしろさが微妙なコンビ名で。

「練習熱心で礼儀正しくて、ネタもおもしろい、さすが花世さんの孫や」

と、師匠達にかわいがられ、しっかりしたしゃべりと、緻密《ちみつ》なネタ作りが評価された。

それにお兄ちゃん、わりあいイケメンだし、相方のふろむ今川《いまがわ》さんも清潔感のある長身さわや

か系だったので、上方漫才ウエーブ新人賞を受賞したあたりから、急に女子に人気が出た。

わたしが高二の頃には、「進撃スタンダード」は、劇場出口で出待ちをする女子がごっちゃりいて、単独ライブも満席、関西ローカル番組ではロケをまかされ、深夜枠でしょっちゅう顔を見るぐらいになってきた。

その結果、わたしは高校でこんな会話をすることになった。

「なあなあ、嶋本さんの家って芸人一家って、ほんま？」

「ああ、そうや！　おばあちゃんもお母さんもお兄ちゃんも漫才師やっ！　そやけど、家ではそんなにみんなおもしろないし、わたしもおもしろいことなんか一言も言われへんからな！　そういうの期待せんといてなっ！　それにテレビ番組の見学とか、ライブチケットとか、サインとかそういうの、お断りやからな！！！」

ファイティングポーズでそう返事するので、当然嫌われた。

さすがに小学生みたいに「ギャグやってみろやー」とは言われなくなったし、お兄ちゃんのいない家に引きこもっていてもむなしいだけだったので、高校には通った。

でも、ほんと楽しくなかった。

「お笑いDNAがあるんやから、ちょちょっとおもしろいことぐらい言えるやろ？」

と、学校イベントのたびに、漫才とか、おもしろトークとか、MCとか頼まれる。断ると、異常にがっかりされる。

お兄ちゃん目当てで、近づいてくる女の子達も、うざい。お兄ちゃんは芸熱心でまじめ人間なの。あと中学生のときからつきあってる、性格のいい彼女もいる。そう簡単に女の子とつきあいませんと叫びたかった。

でも本当にやっかいなのは大人だった。

わたしが嶋本一家の娘だとわかったとたんに、態度が変わる人がいる。

嶋本家の人にとりいったら、テレビに出られるんじゃないかって思う人。

やたらにいくら儲《もう》けてるのか、どんなものを買ってるのか、お金のことばかり聞く人。

小さい頃から、借金の申し込みの人と、高いものを買わそうとする人をたくさん見てきたから、お金目当ての人は、なんとなくわかる。話の最中に、目の焦点合わなくなるの。あれはたぶん、目の前の人じゃなくて、手に入るかもしれない大金を遠くに見ちゃうからなんだろうな。

あと、こんなこともあった。バイトしようと面接受けたら、そのお店の人から、ご両親に紹介してもらえないかって、個人的に電話かけてこられた。息子がお笑いやりたいからって。

お父さんは確かに芸能プロダクションに長く勤めてるし、祖母も母も兄もお笑いです。でもうちは、お笑い養成所じゃないし、演芸就職あっせん所でもないんですけどって、言いたいのをがまんして、ケータイ番号を変えた。

もちろんバイトもあきらめた。


まあ、こういう毎日だった。

生まれてから、ずっと。

東京に行きたい。それ目標で、高校卒業を待った。

行ってどうするのか、何をしに行くのか、何か目標があるのか。

家族にも先生にも、みんなにさんざん聞かれたけど、説明難しいよね。長くなるし。わたしはただ、誰もわたしと家の人のことを知らない所に行きたいだけなんだけど。

生まれてから一度も使ったことのなかったお年玉貯金……おばあちゃんを尋ねてくる「師匠」達から、たくさんいただいていた……だけを握って東京に来た。

それで、今、ここ。

おなかすいたけど、何か買って食べるのもめんどくさい。

バイト探しも今日はしたくなくて、ファッションビルの、ふきぬけ天井から降ってくるまばゆい日の光を浴びて、通りを歩く女の子達を見てる。

わたしって、どういう人か。

わたしって、何が好きなのか。

わたしの輪郭が自分でわかる、かなり幸せな気分で。

2. 出会い

夕方になった。六時すぎ。

まだ明るいし、夕焼けはビルにかくれてほとんど見えないけど、空の青色がなんとなく墨をまぜたようにトーンダウンしている。それに通りを歩いているのも、「女の子」から「女の人」の方が増えてきた。パンプスにトレンチコートとか、ジャケット着用って感じの。

さすがに、同じビルの中にじっとしてるのも、無理が出てきた。

ビルの警備員が、ちらちらと様子を見に来るし、おなかがすきすぎて空腹感は感じなくなったけど、いいかげん、何か食べないと、また、立ちくらみを起こして倒れてしまってもよくない。

(帰ろうかな……)

アパートの部屋には、インスタントラーメンが二個ぐらい、それにタイカレー缶にツナ缶。じゃがいもも、一個はあった。在庫は豊富な方だ。

そんなことを思いながら、原宿方面に歩いていた。

大きな通りをはずれて、神宮前《じんぐうまえ》の裏通りや細い道を、くねくねと歩く。

少し裏に回るだけで、古いマンションや雑居ビルが並び、急に「人が住んでいる」感じが濃くなる。駐車場にたむろする猫とか、古いハイツの表に並ぶ小さな植木鉢なんかを見るのが好きだ。

(神社に寄って行こうかな)

もう少し先に行くと神社がある。むくんだような大きな顔の狛犬《こまいぬ》がかわいいので、それを見てから駅に行こうかと思ったときだった。

「ハリネズミ　入荷しました」

そう書いた、はり紙が目に飛び込んできた。

(ハリネズミ?　って、ああ、ここペットショップかあ)

古いビルの一階の、こぢんまりした店だった。「ペットショップコニィ」と看板が出ている。

今まで、何度か歩いた道だが、こんな所にペットショップがあるなんて気がつかなかった。のぞいてみると、お客は少ない。入口近くに、猫用タワーがあり、その奥にペットフードやトイレ用品が積んである。カウンターの中でめがねをかけた男性店員が、レジをうっていた。

入って左手には、子猫や子犬のいるガラスばりのケースがならんでいる。アメリカンショートヘアーの小猫の前に、大学生っぽいカップルが一組いて、女の子の方がかわいいかわいい！ とはしゃいでいる。

混み過ぎでも、静かすぎでもないその感じが、入りやすくてなんとなく足をふみいれた。カップルの後ろをすり抜けて、子猫と子犬のケースをながめ、ふりかえったらそこに、みょうに静かなケージがあった。

中に、水やえさ箱らしいものはあったが、動くものはいない。ただ、毛布の切れ端らしいものが、くちゃっと丸まって真ん中にあった。

(動物、どこにいるのかな?)

そう思いながらケージをのぞきこんでいると。

「これ、ハリネズミです」

ぼそっとつぶやくような声が、すぐ横で聞こえた。

顔をあげたら、明るいオレンジ色のエプロンをした、ひょろっと背の高い、めがねのお兄さんが立っていた。さっきレジカウンターにいた人だ。

髪の量が多い性質らしく、真っ黒い前髪がわさわさっと、ひたいの上に載っている。

「え、ハリネズミ、いるんですか?」

「……ハリネズミは、基本、夜行性で明るいうちは寝てることが多いです」

そう言って、ケージに手を入れ、毛布のはしをちょっと持ち上げてくれた。

ココア色の毛布をめくると、粗くて白い毛のかたまりのようなものが、丸まっていた。顔も手足も見えなくて、毛先の寝た、たわしみたいだ。

「これが、ハリネズミ……」

ときどき見かけるハリネズミキャラクターのマンガとか、ハリネズミプリントのグッズとは、あまりにもちがった。

「これ、針？」

太く粗い毛のようなものを指さした。

「みんな針です」

「なんかもっと茶色いのかと思ってました」

「この子はホワイト系なんです。白ハリです」

「へえ……」

「……ゆっくり見ていってください。もうちょっとしたら起きると思います」

お兄さんは、そう言い置くと、すーっと店の奥に行った。

(よかった、ぐいぐい、すすめられなくて……)

今、仕事もないのに、ペットなど飼う余裕なんかない。

じっと見ていると、ぶるぶるっと針の先が揺れて、ハリネズミが動き出した。

針山みたいな背中から、短い手足が出てきた。うっすらピンク色のマッチ棒みたいな細い手足、それに小さい耳と鼻が見えた。ちょっととんがった鼻先は毛布と同じ、濃いココア色だ。

ハリネズミと目が合った。ブルーベリーをうんと小さくしたような、黒くてつやつやした丸い目だった。

わたしは、息をのんだ。

「かわいい！」

大声で叫んでしまった。

（ハリネズミって、こんなにかわいい生きものやったんか！）

「あんた、めっちゃかわいいなあ。あっちの子猫とか子犬よりも、ずっとかわいいで」

声のトーンを落とし、大阪弁で語りかけてから、はっと口を閉じた。

大阪のおばちゃんは、町で目についたかわいい子……知らない人の連れてる赤ちゃんにでも、動物にでも「あんたかわいいなあー」と話しかける。あれを常々、「大阪のおばちゃんぽい」行動の一つとして、冷たい目で見ていたのだが、まさしく、同じ行動をしてしまったのだ。

（ああ、ショック……）

大阪生まれの大阪育ちの血は、そんなにも濃いのだろうか。住む場所を変えても、話すときに標準語を心がけても、この若さでおばちゃん化が始まるほどに。

人知れず、ショックを抱えてうなだれていたら、声が聞こえた。

――おおきに、ありがと！　ピンクTシャツのねえさん。

（ん？）

わたしは、顔を上げた。あたりを見回すが、誰も近くにはいない。

（なんか今聞こえたような……。確かピンクTシャツのねえさん、って……）

自分が着ているあせたピンク色の、ロングTシャツのすそを引っ張りつつ首をかしげていると、

――ぼく、子猫や子犬よりもかわいいって言うてもろて、ごっつうれしいわ。なかなかそこまで言うてもらえへんし。

かなりベタベタの大阪弁が、はっきり聞こえた。

わたしは、もう一度周囲を見てから、目の前のケージに目を移した。

ハリネズミと目が合った。

――ぼくや。ぼくやて。聞こえてはる？

「ふあっ?!」

わたしは、大きく飛びのいて、後ろにあった、ハムスターのケージに背中をぶつけた。

がしゃーん！

大きな音がして、びっくりしたハムスターが、かたむいたケージの中を駆けまわった。

さっきのめがねのお兄さんが飛んできた。

「大丈夫ですか？」

「すいません。すいません。あの、ちょっとびっくりして……。えと、あんまりかわいいから……」

すると、そのお兄さんは、わたしを助け起こすと、言った。

「ハリネズミは、どんなにいとしくても、抱きしめたり撫《な》でまわしたり、出来にくい生きものです。警戒すると、じわっと針を逆立てますし、夜行性でマイペースな印象ですし、わかりやすく

甘えてくれる生き物ではないですが……しかし、とてもかわいいです」

低めのテンションながら、きっぱりと言い切った。

「特にこの子……白い針がきれいだし、かしこくて、いい子なんです。この子は、いい飼い主さんのもとに行ってほしい……」

お兄さんは、そう言って、メガネの奥で目を細め、ハリネズミを見つめた。

ハリネズミは、おとなしくそれを聞いている。

「……あ、あの、でもわたし、この子を飼うとか出来そうにないんです。お金もないし、バイトも探さなきゃいけないし……」

「……そうですか。では、また、会いたくなったら、会いに来てやってください」

「え、いいんですか？」

「かわいいと思ってくれる人に、ほめられたら、この子も自信がつくし、毎日が楽しくなるでしょう。いつでもどうぞ。このお店は、年末年始以外は無休、午後九時までやってますし……」

そう言ってうなずくと、お兄さんは、長い手足を揺らして、すいーっとレジカウンターの中にもどった。

わたしは、もう一度、ハリネズミを見た。

ハリネズミは、にこっと笑っている……はずもないのだが、そんなふうに見えた。

ハリネズミが、話すなんてありえない。

それも、あんな大阪弁で。

その夜は、アパートに帰ってても、そのことが気になってしかたなかった。

ずっとまともなものを食べてなくて、空腹が日常で、バイトもやめてしまって、お金もなく、特に目標もなく、孤独な独り暮らし……マイナス要素はたくさんある。

自分では気がついてないけど、実はものすごく傷つき疲れているとか、精神的にあぶなくなってるのかもしれない。

（ひょっとして、あれが出たんかな……）

わたしは、小さいときから変わった子だと言われてきた。

あまり細かいことは覚えていないけど、近所ののら猫とか、カラスとふつうに会話していた。

じーっと見てると、猫やカラスがしゃべりかけてくるのだ。

「おなかすいた」とか「もうすぐ雨がふる」とか、短い言葉しか聞きとれなかったが、耳じゃなくて、直接頭の中に、その声が響いてくる感じだったのを、覚えている。

お母さんはそれをすごく気味悪がって、「おかしなことを言うのはやめなさい！　そういうのは人が引くし、おもしろないねん！」とよく怒っていた。

動物の声は、だんだん聞こえなくなって、小学生になったら、ほぼ消えた。

風邪がひどくて高い熱が出たときとか、初めて生理になったときとか、自分の状態がよくないときに、ときどき出たけれど、ほんの一瞬だったし、高校に入った頃には、そういうことが自分にあったのも忘れていた。

（ひょっとすると、おなかがすきすぎると、ヘンなことになるのかもしれない）

それで、ゆでたじゃがいもにマヨネーズをかけて食べた。パンの耳もたくさん食べた。どちらも、すごくおいしかった。

(気分転換もしよう)

その後、お風呂屋《ふろや》さんに行った。

広いお風呂はすがすがしくて好きだ。

家を出て初めてわかったのだが、わたしは知らない人がいっぱいいる、ざわざわした所にいるのが好きだ。東京の町を歩くのも大好きになった。

誰ともろくに話さないし、部屋にばかりいるから、内向的で人嫌いで超インドア派で基本暗いと思われていた(わたしもそうかなと思っていた)けれど、そうでもなかった。

苦手なタイプの人に囲まれていない生活をしたら、自然と外に出たくなった。

初めて自分の好きなもの、リラックス出来るものが何か、少しずつわかってきた感じなのだ。

脱衣室の大型テレビのニュースを見ながら髪を乾かし、鼻歌を歌いながら帰って来た。

その後、ふとんの中で、古い少女漫画を読んだ。やっぱりすごくおもしろかった。途中の巻が抜けてるから激安だったのを、レンタルブックの店でごそっと十冊ほど買ったのだが、何回読んでも飽きない。

さえない女の子がイケメンの悪魔に恋されて迷惑がっているけど、だんだん悪魔に慣れて、ふつうに彼と交際する話だ。

何回も同じ所で爆笑して、同じ所できゅんとして、感動する。映画でもマンガでも小説でも、わたしはこういう、「人外」の者と恋愛する話が好きだ。計算とか演技とか、損得勘定がなくて、お互いに心から好きなんだって感じがするから。

（よし、これで精神的な疲れもなくなったはず。あとはよく寝たら完ぺき）

わたしは部屋の明りを消して目を閉じた。


翌日。

迷ったけれど、やっぱりペットショップコニィに行ってしまった。

昼に起きて、夕方までバイトの面接希望先に送る、履歴書を書いてすごした。

書いている間も、ずっと頭のどこかに、あの白いハリネズミがいる。

気になって気になって、しょうがない。

あのラブリーな顔が見たい。それに、またしゃべり声が聞こえるのかどうか。

（ゆうべ、よく寝たし、もう聞こえないかも）

その方が安心する。その方が「まとも」でいい。

そう思いながらも、心のどこかでハリネズミが、今度は何を言うのか聞いてみたいという期待が止められなかった。

駅からペットショップに近づくにつれ、早足になった。

店にそっとはいると、昨日のお兄さんが、うさぎの世話の仕方を、子ども連れのお客に説明していた。

わたしはハリネズミのケージの前に立った。

ハリネズミは、毛布の中に頭をつっこんで、針だらけのおしりを出して、じっとしていた。

「……白ハリくん……寝てる？」

顔を寄せ、小声で呼びかけた。ぴくっとおしりがゆれた。

ごそごそっと、うごめいて、ハリネズミは体の向きを変えた。

鼻をつきだして、こっちを見た。

「……」

わたしは、ハリネズミを見つめた。

やっぱりかわいい。小さい目がかわいすぎる。

ドキドキと胸が高鳴る。

ハリネズミはじっとわたしを見ている。

「……なんか言うて……」

小さい声で言ってみた。

するとハリネズミが、ふいっと鼻先を横に向けて、そっぽをむいた。

（うっ！）

わたしは、胸をおさえてうめきそうになった。

無視された。っていうか、わたしにそんな興味ない？

えさでもくれるのかと思ったけど、何も持ってないし、ちぇっ、なーんだって感じなのか。

ハリネズミはごそごそっとまた毛布の中に顔をつっこんだ。

（……そうか。そうやよね。ハリネズミは大阪弁でしゃべらへんよね）

あたりまえのことを自分に言い聞かせようとするのだが、このがっかり感はいったいなんなんだろうか……。

（わたし、あかんわ。ハリネズミがしゃべるのを待つなんて、あきらかにおかしくなってる。これって、きっと現実逃避してるんや）

「帰って、履歴書もっと書こ……」

自分のほおをぺちっとたたいて、ケージに背中を向けたときだった。

――ねえさん、待って！

ややかん高い声が聞こえた。

わたしは、ぴーんと背筋を伸ばして、じりじりっと首だけ動かした。

ハリネズミが、毛布の中から鼻の先だけちょこっと出していた。

――すぐに返事せんと、ごめん！　そやけど、ほんまに人間にぼくの声、聞こえるんかなあって、ドキドキしてしもて。

わたしは叫ばないように、自分の口をしっかり手のひらでふさいで、ゆっくりケージの前にしゃがんだ。

――ぼくの声、聞こえる？　はっきり聞こえる？

わたしは、うなずいた。

――ほんまに?!

ハリネズミが毛布から出てきた。針に毛布のはしをひっかけたまま、走り寄って来た。

「……もう、はっきり聞こえる……」

――そうなん?!

ハリネズミが、うれしそうに顔をあげた。

「うん。耳にスピーカーぴたっとくっつけて、音を流しこまれてるぐらい聞こえる……」

——やったー!!

ハリネズミが、ぐるぐるとケージの中を走りだした。

——やっと会えた！　ぼくの声が聞こえる人に！　ねえさん、超能力者とか、めっちゃカンがええ上に、心がピュアとかそんな人ですか？

「う、いや、そんなんとちがうけど……」

周囲を見回し、近くに誰もいないのを確かめて、わたしはケージに鼻先がくっつきそうなほど、顔を寄せた。

「小さいときとか、体調の悪いときに、なんか聞こえたりすることあったぐらい……。でも、そんなん妄想やと思ってたし……」

——でも、さっき、「なんか言うて」って言うたんは、ぼくがしゃべるって思ってたからちゃいますのん？

「いや、百パー自信はなかったよ。昨日、聞こえたんは、また調子が悪いせいかなとも思ってたし……。でも、どうしても気になって」

——うれしいなー！　こうやってふつうに！　しかも関西の言葉でぽんぽん会話出来るんが夢やったんや。ぼくね、ハリネズミもやねんけど、ほかの動物と話、合わへんねん。猫は自分勝手で上から目線やし、犬は単純やから複雑な話がわからんし。ネズミ類は単語しか理解でけへんから、会話のキャッチボールなんて無理やし。爬虫類《はちゅうるい》はかしこいけど、しゃべるのが嫌いやしね。

「……ふ、ふーん。なんか動物同士の会話ってメルヘンなイメージやねんけど、そんなもんなんか……。って、あのなんでそんなに大阪弁うまいの？」

——ぼくのブリーダーさん、関西出身の人で。それに上方演芸マニアでしてん。ひまさえあったら、漫才とか上方落語とかのＤＶＤ見てはって。それいっしょに見て、言葉覚えましてん。

「へー……、それでそんな濃い大阪弁なんや……。いまどき『でしてん』とか使わないし……」

「お客さん。あの」

いきなり声を掛けられて、とび上がった。

「うわっ、はい！」

振り向くと、太ってつやつやしたおじさんが立っていた。オレンジ色のエプロンが、つきでたおなかに押されて丸くふくらんでいる。顔は茶色くてかっていて、焼きたてのあんパンみたいだ。

「このハリネズミをお気に召しましたか？　ご購入をお考えでしたら、いろいろご説明させていただきましょうか？」

「い、いえ、あの……」

わたしは立ち上がったものの、言葉に詰まってしまった。

（さっきから、ハリネズミのケージの前で、ぶつぶつ独り言を言ってる、あやしい人やと思われたんかな）

わたしは、ちらっとハリネズミを見た。ハリネズミは、また毛布の中にもぐりこんでいた。

「え、ええと、この子はおいくらですか？」

するとあんパン顔のおじさんは、にこっと笑って言った。

「四万五千円です。何しろここまできれいな白のハリネズミは珍しいので」

わたしは固まってしまった。

(ハリネズミってそんな高いの？　ぜったい無理!!)

「オーナー」

誰かが、おじさんに呼びかけた。

昨日、ハリネズミにいつでも会いに来てくださいと言ってくれた、あの、背の高いお兄さんが、わたしの後ろに立っていた。

(このおじさん、このお店のオーナーさんなんか……。買いもしないのに、ハリくんに会いにくるのんて、おかしいやんな……。ああ、これ以上ハリくんと話すのんは、もう無理かもな……)

わたしがうなだれていると、お兄さんはこう続けた。

「あの、その方は……白ハリを気にいってくださってるんですが、今バイトを探しているという状態なんで……。すぐにご購入というわけには……」

するとと、オーナーおじさんは、話を最後まで聞かずに、大きな声で言った。

「バイト？　ああ！　そうか、きみバイト希望の子だったのか！」

「え、えっと……バイトは探してますが、えと」

顔を上げると、入口に張られた、手書きのバイト募集のポスターが目に入った。

(このお店でも、アルバイト探してたんや!!)

「ハリネズミ、好きなの？　熱心に話しかけてたね！」

「は、はい。このハリネズミがあまりにかわいいので」

「そうでしょ。この白ハリは、特にキレイだからね」

店長が、うんうんと満足そうに、うなずいた。

「履歴書持って来てる?」

完全に、このお店のバイトの申し込みに来たとまちがわれている。

「あ、ええと……」

そんなつもりでここに来たんじゃないと答えかけたが、思い出した。郵送するつもりで、書いた履歴書を持っている!

(そや! ここでやとってもらえたらラッキーや!)

「あります!」

わたしはリュックの中で、応募先の宛名と住所を書いてある封筒をやぶって開け、履歴書を取り出し、オーナーにわたした。

「ふ、ふうとうにも入れてなくてすいません!」

あやまったが、オーナーは特に気にする様子もなく、履歴書をその場で広げてざっと見た。

「大阪の子なんだ。ふーん……、奥でちょっと話そうか。こっち来て。星村《ほしむら》くん、レジ頼むよ」

わたしはオーナーの後ろについて、店の奥にむかった。

すると、わたしの背後から、白ハリくんの声が聞こえた気がした。

——ねえさん! オーナーはオレンジ色がむっちゃ好きやねん! 店の色、ほめたら喜びはるで!

(そ、それで看板もエプロンもオレンジなんや)

わたしは、わかったと言う代わりに、指先を振って見せた。

3. 心の採用

面接は、無事に終わった。

「どうしてうちの店で働きたいと思ったの？」

というオーナーの質問に、ハリくんのアドバイス通り、オレンジ色の看板や壁が明るくてすてきなお店だったので、と答えた。

オレンジ色の内装は、白ハリくんに言われるまで気がついていなかったのだが、自分でもおどろくぐらい、すらすらっと言葉が出た。

「あ、あと、ハリネズミも……ほかの子も元気でかわいい感じです……」

「ふーん、なかなかいいとこ見てるね」

オーナーの顔が、ぱっと輝いた。

「うちは、ちゃんとしたブリーダーさんが育てた子を、出来るだけ楽しく元気にここですごしてもらってね、飼い主さんに渡すんだ。動物にも働く人にも明るく楽しい空気でいてほしいから、店全体あったかい元気な色にしたいしね。オレンジ色っていいと思わない？」

わたしはうなずきながら、話を聞いた。

自分の話ばかりを長々とする人は苦手だが、このオーナーの話は、聞いていていやじゃなかった。すごく楽しそうに話すからかもしれない。

オーナーは、一通り、話したいことを話すと、今度はわたしの履歴書を見ながら、聞いてきた。

「動物好きで、ペット関係の仕事をしてみたかったんだよね。どうして関西でバイト先探さなかったの?」

「あ、あの……。その、お、親と……合わなくて……」

親と言うときに、口ごもった。

さらにオーナーがじっと履歴書を見つめるので、動悸《どうき》がしてきた。

関西で嶋本と名乗ると「あの嶋本ファミリーの?」とピンとくる人が多いが、東京では、そんなことないはず……とは思うものの、わからない。

親戚《しんせき》が大阪にいるとか、オーナー自身が関西出身だったら、知っている可能性はある。

オーナーは、しばらく何か考えていたが、こう言った。

「そっか。嶋本さん、おうちの人が動物関係の仕事に反対だったんだ。東京に出てきたが、居酒屋しか採用がなく、しばらく働いてみたものの、やはり満足出来なくてすぐにやめてしまい、うちの店にチャレンジしてみたってとこだよね」

「は、はい!」

それはいい! と、思いながら、わたしは、大きくうなずいた。

わたしの大阪から出てきた本当の理由やいきさつよりも、そっちの方がよっぽど感じがいいし、人にもわかってもらいやすい。

その後は、具体的な話になった。

まず時給の話。それから日曜、祝日や、夜も働けるか。週に五日入れるか。動物の世話をするので、えさやりや、ブラッシング、爪切りなどの手入れだけでなく、排泄物《はいせつぶつ》の始末もしてもらいたいけど大丈夫か。

すべて、はいと答えた。いいえと答えたのは、何かのアレルギーがあるかという質問にだけだった。

「じゃあ、さっそく明日《あした》から十六時から二十一時で入ってくれる？　夕ご飯はお弁当持参で、交代で適当に食べて。今、夕方から入れる人が星村くんしかいなくてさ。彼、獣医学科の学生で試験とか忙しい時期もあるから、彼一人だと負担が大きいんだよね。あと、日曜日は十一時から十六時で。主婦のバイトさんは日曜NGなんだよね。出来たら日曜も二十一時まで通しで入ってくれると助かるんだけど」

それも、はい、やります！　と答えた。

「じゃあ、決定ね。ぼくは早田《そうだ》といいます。ここのオーナーで店長。嶋本さん、これからよろしくね」

オーナーが手を差し出してきた。

握手を求められているのだと、すぐには気がつかなかった。

誰かと握手なんて（しかも大人と）、した記憶がないので、しばらくじーっと、オーナーの手を見つめて考えていた所、

「ほい、握手だよ」

オーナーが言った。

「あっ、はい！」

と手を出した。

よく知らない誰かと手を握るなんて、気持ちの悪いイメージだったけど、案外そうではなかった。オーナーの手はふかふかとして温かく、焼きたてのパンみたいだった。

（顔があんパンで、手がクリームパン。パンオーナーやなあ。なんかおいしそう）


それで翌日の十六時には、わたしは、オレンジ色のエプロンをつけて店内にいた。

オーナーはおおまかな仕事の説明をした後、

「あとは星村くんに、何をやればいいか、教えてもらって」

と言って、ワゴン車に乗り、買い手の決まったトイプードルを届けに行ってしまった。

「じゃ……、まずは店内の説明から……。在庫置き場はあっちで……」

前に立って歩き出そうとした星村くんにわたしは、言った。

「あの、ほんとに……ありがとうございます」

「……何が？」

星村くんが振り返った。

「アルバイトにやとってもらえたことです。星村さんが昨日、オーナーに言ってくれたから……」

「ぼくのおかげじゃないさ。オーナーはてきぱきした頼りになる人だけど、早呑込《はやのみこ》みでね。きみをアルバイトの面接希望者だと思ったのは彼だから。それに……」

——それと、ぼくのアドバイスのおかげ！

後ろから、いたずらっぽい声が聞こえた。

思わず白ハリくんのケージを振り返って見た。

白ハリくんは、毛布に顔をつっこんで、寝ているふりをしていた。

「彼のおかげだろ、白ハリの」

星村くんが、言った。

「えっ！　ど、どういう意味、ですか？」

（もしかして、星村くんも白ハリくんの言葉が聞こえるのん?!）

動揺して、星村くんの顔を凝視してしまった。

星村くんは、うーんと首をかたむけて、腕組みした。

「どういう意味って……。白ハリが大好きで、彼といっしょにいたくて、ここのバイトをしたいと思ったんだろ。ちがう？」

「あ、う、うん、はい」

「その熱意がオーナーに伝わったんだ。だったら、白ハリのおかげだろ」

「う、は、はい、そうですね」

わたしは、こくこくとうなずいた。

「じゃ、仕事の説明。まずは在庫置き場のペットフードやトイレ用品、そのほかよく出るものの数を把握しておいてほしい。売り場の商品の数もね。で、売れたらすぐ補充。その合間に清掃とえさやり。基本きみには小動物担当になってもらう」

「は、はい！　え、ええと、数を調べておくのと、それから……」

「忘れそうなら、メモして」

星村くんが、エプロンのポケットからメモ帳とペンを渡してくれた。

「はい！」

年はほぼ同じのはずだけど、先輩というより上司って感じだ。

わたしは、夢中になって言われたことを全部やった。

人気のペットフードや特売品はよく出る。在庫置き場の数を調べた後、売れたら即同じものを出して、きれいに並べ、出した数をメモした。

ペットショップは生きものを扱っているのだから、清潔第一。ちょっとのひまがあったら、床や壁など店内の掃除をすること。臭いがこもらないように常に換気や消臭に気を配るようにと言われたので、すきあらばという感じで飛びつくように掃除した。

その合間に犬や猫のおしっこがしみたペットシーツを回収して始末する。ケージをきれいにしてやる。

うんちの始末は、最初はちょっと引いたが、使い捨てのビニール手袋をして、えいっとやってしまったら、意外にもすぐに慣れた。

そういえば、お父さんの方のおばあちゃんの所で、昔、犬と猫を飼っていた。

白い犬でシロ、猫は真っ黒だったからクロ。シンプルな名前だった。

シロの体は大きくがっちりしていて、フライパンでオイルをあたためたような、たくましいにおいがした。クロの毛皮からはほこりの舞う、日なたのようなにおいがした。二匹とも、物静かで優しい子だった。

くさいくさいと口では言いながらも、おばあちゃんは笑って犬と猫のうんちを始末していた。小学生のときに、それを手伝ったこともある。

動物の排泄物は、臭くてたまらないのだが、慣れると不思議に臭さがふいに消え、なんともいえない、お酒のような甘い香りになる瞬間がある。

（この店に入ったとき、なんとなくいごこちがよくて、初めて入った所みたいな気がしないと思ったのは、おばあちゃんの家と同じようなにおいがしたからかも）

一段落したら食事をとるように星村くんに言われて、狭いバックヤードで、近所のパン屋でもらえるやわらか食パンの耳をたくさん食べ、ざくろジュースを飲んだ。

居酒屋のまかないとちがって、一人で誰にも話しかけられず、静かに食事が出来たおかげで、食べ物の味がよくわかったし（いいパン屋さんのいい食パンの耳だから、すごくおいしかった。それに新製品のジュースも試せた）満足のいく夕ご飯だった。

食べたらすぐに店内にもどった。

手の空いた星村くんに猫にブラシをかけるやり方を教えてもらった。

長毛種は特に、毛がもつれてからまらないように、注意深くブラッシングしてやった。

子猫は気持ちよさそうに、目を閉じる。

あったかい体を、こすりつけてくる子もいる。

「ねえ、気持ちいい？　どっかかゆいとこ、ない？」

子猫に話しかけてみたが、返事しない。

ケージの掃除中も犬に声をかけたが、誰も返事してこなかった。

(やっぱり、あれだけはっきり会話出来るのは白ハリくんだけなんだな)

ちらっと白ハリくんのケージを見ると、おとなしく毛布の中にもぐって寝ているようだ。

(これが終わったら、白ハリくんのケージを掃除しようかな……)

忙しく動き回っていたので、せっかく店にいるのに、白ハリくんとはぜんぜん話せていない。

最後の猫のブラッシングが終わって、掃除用具を手に、白ハリくんのケージの前に立った。

「白ハリくん、掃除を……」

声をかけようとした、そのとき。

「嶋本さん、そろそろ店を閉めるよ。オーナーもうすぐもどってくる」

星村くんに声を掛けられてはっとした。

「もうそんな時間ですか？」

「九時すぎてる」

星村くんが壁にかかっている時計の文字盤を指さした。

「……気がつかなかったです。あっという間に時間がたって」

ろくに休憩もとってないし、ずっと動きっぱなしだし、箱いっぱいの缶づめやトイレ用消臭サンドなど、重いものをイッキ運びなどして、腕も腰も痛い。

それでも、気持ちは疲れてはいなかった。

「あの、白ハリくんのケージをきれいにしてから帰っていいですか？」

星村くんは、ああ、いいよとうなずいた。

「ハリネズミを出すときに、針に気をつけて。まあ、その白ハリは嶋本さんのこと好きなようだから、針を立たせたりしないだろうけど。ぼくはレジの精算をしてるから、ゆっくり自分のペースでやってくれていいよ」

そう言って、レジカウンターの方に行った。

わたしは白ハリくんのケージを開いた。そして、ドーナツみたいに丸まっている毛布を、中にくるまっているハリネズミごと、両手でそっともちあげた。針が刺さるのを恐れてではなく、寝ている白ハリくんをそのままに移動させてやろうと思ったのだ。

——ねえさん、お疲れさまでした。

抜けた針があちこちにくっついている、ココア色の毛布の中から声がした。

「……ありがとう」

毛布に顔を寄せて、小さな声で言った。

「あのね、白ハリくん。わたしね」

——はい。

「ここの仕事、好きみたい」

——ほんまでっか？

白ハリくんが毛布からひょこっと顔を出した。三角にとがった鼻先と、みずみずしくぬれた丸い目をきょときょとと動かした。

「ほんま」

——よかった。

わたしは、白ハリくんの鼻からひたいをそーっとなでた。

ふわふわした短い白い毛が柔らかくて、とても気持ち良かった。白ハリくんの顔やおなかや手足をおおっているのは、うぶ毛のように繊細だ。

「おーい、星村くん、まだ開けてるの?! もう閉めていいよ!」

オーナーの大きな声が入口から響いてきた。

「あした朝一で配達たのまれちゃったから、すぐに運べるように天井つっぱり型のキャットタワー出しといてくれる?」

どたん、ばたんという感じで、にぎやかな物音が静かな店内に巻き起こる。

オーナー一人現れるだけで、静かな人の五人分ぐらいの気配と熱気がただよう。

「はい。タワーにぶらさげるおもちゃも必要ですか?」

「うん、ネズミ型の一個つけといて」

「わかりました。では、もう、ワゴン車に積み込んでおきましょうか? 商品が見えないように、箱にはカバーをかけておきます」

「それ、いいねー。さすが星村くん。あっ、何、特売フードこんなに売れたの?」

「はい、まとめ買いのお客様がいらっしゃったので」

オーナーと星村くんのやりとりを聞きながら、わたしは白ハリくんのケージをすみずみまできれいにした。白ハリくんは、ケージの横に置いた、空き箱の中でおとなしくしている。

「嶋本さん、初日からそんなにはりきらないでいいよ。もう今日は帰っていいからね!」

オーナーに言われてわたしは、はい、とうなずいた。

「お、いいね。その笑顔」

オーナーがわたしの顔を指さした。わたしは、えっと声をあげた。

「わたし、その、笑ってました？」

「ふつう、閉店時間なんて、みんな疲れて、表情がどよーんとなりがちだけど、いい笑顔だよ。一日働いた後にその顔になれるって、動物を扱う仕事に向いてるんじゃないの？」

「……ほ、ほんとですか」

ぽん！　と胸の中で何か、はじけたみたいにあたたかくなった。

おばあちゃん以外の人に何かをほめてもらえたことなんか、ものごころついてから記憶にない。

「彼女はここの店に合ってると、ぼくも思います」

星村くんが、バックヤードから引っ張り出したキャットタワーの箱を、レジカウンター前に置いてから言った。

「汚れ仕事も手抜きしないし、文句も言わない。言われたことをいっしょうけんめいやる。生きものを大事にする気持ちがある。いいと思います」

「星村くんがそう言うなら、採用だね」

オーナーが言った。

「そうですね。本当は三日は様子を見たい所ですが、ぼくも今日で採用でいいと思います」

「あ、あ、あの！」

わたしは、会話の意味が、よくわからなくて尋ねた。

「採用でいいって？　あの、わたし、やとってもらったんじゃなかったんですか？」

「一応採用だったけど、ぼくと星村くんの心の採用はまだだったんだ」

オーナーの言葉に、おもわずのけぞった。

「こ、心の採用、ですか?!」

（そしたら、これって試験期間やったってこと？　採用になったと思って働いてたけど、ほんまの採用じゃなかったってこと？　そんなんってある？）

頭がぐるぐるしてしまって、続く言葉が声に出せないでいると。

ぶふっと、オーナーが噴き出した。

「冗談だよ。嶋本さんが、面接のときにすごくさみしそうで、不安げでさ、採用って言ったはいいけど、今日本当に来るかどうか心配だったんだよ」

「ええ?　わたし、ここにやとってもらえて、すごくうれしかったんですけど……」

「けっこういるんだよ。明日からよろしくお願いしまーすって言って、つるっと平気で来ない人」

「そうなんだ。やっぱり、犬のうんち取るの、わたしには無理そうなんで、行きませんって、メールでも送ってくる人はまだましな方で。来ないやつって、たいてい電話しても出ないとか、着信拒否になってる」

星村くんが説明した。

「一日働いてみたものの、思ってた感じじゃないとか言って、二日目から来ないのもあるしね。三日続くかどうかが、まずは心配でねえ」

オーナーがため息をついた。

「そういうことが続いたから、オーナーと『三日様子を見るまでは、心の採用はしない方がいい』って話しあったんだ。期待してしまうと、こっちががっかりするから」

「もちろん、これはぼくと星村くんの気持ちの話でね。きみは採用だよって言っておいて『実はこれは試用期間でした。残念ですが不採用にします』なんて、だますようなことはしませんよ」

「そ、そ、そうでしたか……。ああ、びっくりした……」

わたしは、胸をこぶしでおさえた。

「ごめんね、おどろかせちゃって。大丈夫だから」

「すまなかった」

オーナーと星村くんがそろってあやまったものの、また、ぶふっと噴き出した。

「嶋本さん、おもしろいね。顔に出るから」

「マンガみたいに顔に出ますね」

「えっ、何が出てますか?!」

「本当におどろいて、本当にほっとして、今、心からよかったって思ってるでしょ。もう顔笑ってるし」

「え、そんなにわかりやすい顔してます? わたし」

手のひらで顔をおさえた。

オーナーと星村くんがまた笑いだし、わたしの足もとで白ハリくんもげらげら笑った。

(なんか……、ここに採用してもらえて、本当によかったかも)

そう思ったら、ふっと全身の力が抜けて、肩の位置が下がった気がした。

4. 給料日

あっという間に二週間たった。

初めての給料日だ。

週に二日休んでもいいと言われていたのだが、定休日の月曜日を二回休んだだけなので、実質十二日間働いたことになる。

居酒屋の二週間は、厳しかった。出勤前になると体がだるくなり、頭やおなかが痛くなったりした。そしてきっちり二週間でお店をやめたけど、気持ち的には二ヵ月ぐらいの感じで、時間のたつのが絶望的に遅くて泣きそうだった。

だけど、ここのお店にいたら、するするっと時間がすぎるし、二週間たった感じがしない。

苦手なら無理に接客はしなくていいと言われていたのだが、星村くんが忙しそうなときは、簡単なことならお客と話せるようになった。

「でっかい猫二匹飼ってるんだけど、長持ちするトイレシートってないかな？」

「あ、あの、たくさん飼ってる人向けに、パワフル吸収シートっていうの、ありますけど……」

「ふーん、どのぐらいもつの？」

あわてて、取り出したシートの説明書きを読む。

「二匹で一週間が目安だそうです……。あ、あ、あの、猫の大きさにもよりますが……」

「ふーん、じゃあ、一袋ちょうだい。試してみるわ」

「あ、あ、ありがとうございます！」

これが初めて、わたしがすすめた商品が買ってもらえた瞬間だった。思わず、「よし！」と、小さくガッツポーズをしてしまった。

そしてレジにいる星村くんに、

「複数猫向けパワフル吸収トイレシート、一つお願いします！」

と、見ればわかることを、大声で叫んでしまった。星村くんは、わたしと商品を見て、無言で大きくうなずいた。

それがきっかけで、お客さんと気おくれしないで話せるようになった。

「うちの豆太《まめた》、チワワなんだけどね。首輪がいたんできたから、新しくしてやりたいんだけど……、どれがいいかしら？」

そう言って、上品な感じのおばあさんが、ケータイの待ちうけ画面の豆太を見せてくれた。確かにふちがちょっとすりきれた緑色の首輪をしている。

「男の子なんですか？」

「そうなの。かわいいけど、赤やピンクは女の子みたいかしら」

「そんなことないと思いますよ。赤のチェックなんか、男の子でも、かわいいかもです……」

「本当ねえ。あら、この迷子札もかわいいのね」

「かわいいですよね！　これ、誕生石カラーのキラキラストーンが、クローバーの真ん中についてるんですよ！　わたしがチョーカーにしたいぐらいです！」

思わず、首輪につけるクローバー型迷子札を自分の首の前にあててしまった。

「まあ」

おばあさんが笑いだした。

「豆太より、あなたの方がそれ、似合いそうね。でも豆太、走りまわってせっかくのきれいな石をぶつけたりして割ってしまいそう……。かわいくて、丈夫なのはないかしら……。これは？」

「あ、そちらは、表が暗い所で光るタイプなんです。ステンレスですから、丈夫だと思います」

「あら、それは便利ね。目が悪いから、豆太がろうかのすみとか、暗い場所にいるとよくわからないときがあるのよ」

結局、そのおばあさんは、首輪と迷子札とボーン型のおやつに特売フードなど、引いてきた花柄のショッピングカートがいっぱいになるほど、いろんなものを買ってくれた上に、会員カードを作ってくれた。

(野溝《のみぞ》さんっておっしゃるんだ……)

わたしがすすめて、会員になってくれた初めてのお客様だ。

じーんとして、野溝さんの名前を、口の中で繰り返した。

星村くんが休憩でバックヤードに行っている間、思い切り声を出して、白ハリくんと話した。

大阪弁の会話は、もったりとねばっこくて、ときに無神経でおしつけがましく感じて、聞くのも話すのもいやだったはずなのに、白ハリくんとなら、いやじゃなかった。

ぽんぽんと飛び交う冗談も、白ハリくんの言葉は優しく、けしてわたしを傷つけないような内容だった。

それに白ハリくんは、わたしの言葉に、けらけら笑ってくれた。

わたしは、相手しだいでは、速く話せるし、ときにはおもしろいことも言える人間だと、白ハリくんとの会話で初めて知った。

「ほい、お待ちかね、初給料ですよ」

閉店後、オーナーから茶封筒を手渡しされた。

「来月からは振り込みにするから、口座番号を教えてね」

はいと答えながら、わたしは、封筒を両手で受け取った。なんだか、封筒があたたかい気がすると言ったら笑われた。

「オーナーの手が熱いからだろうね。嶋本さんはなかなか敏感だね」

星村くんに、へんなほめられ方をした。

「感動だなあ。ぼくの体温のうつった封筒をそんなにきつく抱きしめてくれて」

オーナーに言われて、わたしは胸に抱いていた給料袋を、あわててエプロンのおなかについているカンガルータイプのポケットに入れた。

「い、いえあの、お給料をまともにいただくのは初めてなんで、ついうれしくて……」

「え、そうなの?」

「前のバイトはすぐにやめてしまったので……。それに割った食器の分を引かれていたので金額もちょっとだったからお給料感が薄くて。ああ、これで……やっと、本当のを買える……」

「ん? 何を買うの?」

「食パンです」

きっぱりと、答えた。

「食パン？」

オーナーの丸い目がさらにまん丸く広がった。

「はい。いつもアパートの近所の、すごくおいしいパン屋さんで、食パンの耳をもらっていたんです。ずっとただでもらっていて、申し訳ない気持ちだったので、明日《あした》の朝こそは、そのお店で本当の食パンを買います！　二百九十円もする、めっちゃおいしいパンなんです！」

すると、星村くんがくるっとわたしに背をむけて、ぶるぶるっと震えだした。

オーナーは、くちゅっと丸い顔にしわをよせて、何かに耐える表情になった。

「……すいません。あの、何かへんなこと言いましたか？」

「いや……その。あまりにもけなげでね。なんというか……。苦学生ぽいっていうか……」

「クガクセーってなんですか？」

ぶほっと星村くんが咳《せ》きこんで、後ろ向きのまま、猫背になって笑いだした。

オーナーがぽんぽんと、わたしの肩をたたいた。

「よかったね。おいしい食パン買って、いっぱい食べてね」

「はい！　ジャムも買おうと思います！　そんなに高いジャムは買えませんけど！」

オーナーは、うんうんとうなずいて、はっと時計を見た。

「おっと、ぼくもう出なくちゃいけない。星村くん、あとまかせるよ」

「はい！　すいません、ぼくも、家庭教師のバイトがこれからなんで、大急ぎで戸締りします」

「お、そうだったか。つい話しこんじゃって悪かったね」

二人がばたばたと、動き出したのに、おそるおそる声をかけた。

「あ、あの……、戸締り……、わたしがやりましょうか」

「え？　嶋本さんやり方、わかる？」

「はい、わかります。シャッターを閉めて、空調をタイマーでセットして、バックヤードの窓と在庫置き場をきちんと閉まってるか確認をして、裏から出るんですよね。裏のドアの鍵《かぎ》さえ貸していただければ……」

「ぼくは助かるけど……。オーナーいいですか？」

星村くんが時計の針を見ながら、オーナーに尋ねた。

「ああ、かまわないよ。鍵は事務所の郵便受けにいれておいて。郵便受けにはロックがかかってるから大丈夫」

じゃあ、よろしくね、と言ってオーナーは店を出て行った。

星村くんは、店の裏口の鍵を、わたしに手渡した。

「あまり遅くならないでね。夜遅くに女の子一人だと、あぶないから」

そう言って、出て行った。

わたしは、ふわふわ肉球キーホルダーにぶらさがっている、銀色の鍵を握りしめた。

まかされた。戸締りをわたしに、まかせてくれた。

それが、とてもうれしかった。

オーナーと星村くんに出てもらってから、シャッターを下ろした。シャッターの開け閉めは手伝っているから、力の入れどころがもうわかっている。

スムーズに閉められた。

在庫置き場をチェックして、ドアをきっちり閉める。空調の温度設定をしてタイマーをかける。店の照明も落として、ぽつんと丸い常夜灯にした。バックヤードの窓をロックして、ロッカーの横の、オーナーが作ってくれている「飲み物コーナー」（紙コップやインスタントコーヒーの瓶、それにスティックシュガーなんかが置いてある）の、ポットの電源コードを抜いた。

エプロンをはずして、リュックを手にしたとき、ふと、思った。

（ちょっとだけ、白ハリくんとしゃべって行こうかな）

うす暗い店内にもどって、そろそろとケージの前に立った。

「白ハリくん」

声をかけた。

——はい。ねえさん、お仕事、お疲れさまでした。

白ハリくんが、ケージの前にしゃがんだわたしの顔の前まで、かけよって来た。

「おやついる？」

——おやつですか？

「キャットフードの試供品、余ってるし、どう？　ささみチーズ味か、ほたてかつお味」

——ささみチーズ、いただきます！

わたしはケージを開けて、いつものようにフードをえさ箱に入れようとしたが、手を止めた。

「せっかくやから、出てみる？」

——え、そんなんエエんですか？

「まあ、たまにはエエんちゃう？　わたしもずっとケージの前でしゃがんでるより、楽やし」

――ほんなら、お願いします！

わたしは、白ハリくんを、そっと手のひらに乗せた。白ハリくんは、針を立てないように、気をつけてくれている。快い、微妙な重さ。温かみ。それにちょっとくすぐったい。

「ええと、そや。カウンターのとこ行こうか」

白ハリくんを連れて、レジカウンターに乗せた。

そして、カウンターの中に入って、折り畳みのいすに座った。

白ハリくんはカウンターの上で、あたりをきょろきょろと見回している。

ティッシュペーパーを広げて、フードをちょっと出し、白ハリくんがおいしそうに、カリカリと食べるのを、ほおづえをついてながめた。

――ああ、おいしかった……。ねえさんも、よかったですな、給料が出て、食パン買えますもんね。

「聞いてたん？」

――はい。

「ふふふ。白ハリくん、りんご好きやんな。今度、りんご買って、おやつに持ってくるわ」

――ありがとうございます。ねえさん、そやけど、明るくなりはりましたな。

「えっ。そう？」

――はい。ようしゃべりはるようになったし、それに、前ほど、人と話すときに緊張してはらへんように見えますな。

「うん、そうかもね。白ハリくんと好きなこと、ときどき話してるんがエエんかも。お客さんと話すのも、楽しくなってきたし」

——ねえさん、接客が親切やって、お客さんにほめられてましたよ。

「えっ、ほんまに？」

——野溝さん。ほら、チワワの豆太の飼い主さんです。首輪、いっしょにどれがエエか一生懸命考えてくれはったって。喜んではりましたよ。

「そんなん。わたし、ゆっくり考える方やからね。せかされたら、しんどいやろと思っただけで、親切とはちがうよ。それにおばあちゃん子やし」

——ああ、どっちとものおばあちゃんと仲がよろしかったんですな。

「うん。亡くなったおばあちゃんは動物好きで、のんびりした感じの人やったし、大阪のおばあちゃんは、ぴしっとしててクールな感じで、ああいう人やったら、芸人としても尊敬する……」

言いかけて、はっと口をつぐんだ。

——ねえさん。聞きたかったんですけど、ねえさんのおばあさんって、もしかして嶋本花世師匠ですか？

わたしは、うぐっと口を閉じたまま、うなずいた。

——やっぱりそうでしたか。ねえさん、花世師匠とお顔立ちが似てはります。

「え、そう？」

——はい、声を張ったときも、よう響くエエ声ですよ。花世師匠の若いときの声を思い出します。

「そんなん初めて言われた……って、白ハリくん、なんでそんなん知ってるの？　って、あ、ブリーダーさんが上方演芸好きって言ってたね」

――はい。ブリーダーさん、嶋本蝶世花世さんの音曲漫才もお好きで、DVDで何回も見てはりました。べんべんべんって、三味線をかきならして、前髪をわざと乱れさせてじりじりと大股《おおまた》になっていくギャグなんて、ごっつロックな感じでかっこよかったです。

白ハリくんは、目を輝かせて、語った。

「あ、そうでしょ！　あのおばあちゃん、かっこエエよね。わたしもそう思うねんけど、べんべんべんって、みんなヘン顔で、ぬるいものまねとかしてくるから、ムカついて！　……それに、芸人の家族やからって、いじめられもしたし」

――芸人さんのお身内って、いろいろ言われていやなこともぎょうさん、ありはったでしょうなあ。そやけど、そんなん、ほっといたらよろし。ほんまに芸を見る目のある人は、しょうもないことも言わへんし、芸人さんをリスペクトしてはりますよ。

「うん……」

白ハリくんにそう言われたら、思い出しただけでささくれそうな気持ちも、クリームを塗ったように、やわらかくつやつやかにおさまる。

（そこまでの演芸マニアやったら、白ハリくん、お母さんやお兄ちゃんのこともきっと知ってるやんなあ。そやけど、わたしがあんまりお母さんのエエこと言わへんし、お兄ちゃんの話もいっさいせえへんから、気を遣って、そこまでは口に出さへんでいてくれてるんやな……。白ハリくん優しいな……）

それに、すっきりと細身できれいだったおばあちゃんに似てると言われたのも、うれしかった。

ぽっちゃりで丸顔タイプのお母さんに、ぜんぜん似てないと言われて育った。

子どもの頃からやせてて、あごが細く、つり目。愛想が悪く、かわいげがない顔やとハッキリ言われてきた。（そしてその話は、お母さんは子どもの頃からかわいかったしみんなの人気者だったという自慢話とセットだった。これも母トラウマの一つだ）

「……髪型、変えてみようかなあ」

おばあちゃんの若い頃は、着物に合わせてアップにしていた。それに、部分かつらを頭のてっぺんからやや後ろにかけて盛って、ゴージャス感を出していたという。

「若い頃のおばあちゃんみたいに後ろ、おだんごにしてアップにするとか。そうだ、ロリヘアで、おだんごアレンジがあったから、ああいうのならやってみてもいいかも」

――ロリヘア？

「ロリータのこと」

――ロリータ？　それなんでっか？

「白ハリくん、見たことないよね。こういうの着てる人のこと」

わたしは、スマホに好きなロリータブランドのサイトを出して、モデルが着ているロリ服を見せてあげた。

――ほー！　これはかわいい。お姫様みたいでんなあ。

「乙女って言って」

――乙女でっか。むー。ねえさん、似合いそうですよ、乙女。ピンク似合うし。

「ありがとう。そやけど、こういうのはすっごく高くて手が出ないの！　ディスカウントでもそこそこするし」

――お給料もろてもでっか？

「食パンの方が優先。それに中古の冷蔵庫も買いたいし」

――なんや残念やなあ。

「白ハリくんが残念がることないやん。ヘンなの」

わたしは、笑った。

話はつきなかったが、午後十時を過ぎたときに、白ハリくんがもう帰った方がよろしいでと言いだした。

――最近、けったいな事件が多いですし、気をつけて帰ってくださいよ。元カレがストーカーになって、襲われたとかありましたやん。

「いや、そもそもわたしにストーカー化する『元カレ』がいないし。って、なんで、最近の事件を知ってるの？」

――オーナーさんが午前中ラジオかけて聞いたはるんです。それに星村さんやお客さん相手に、世の中の話をぎょうさんしてくれはるから、勉強になります。株価の暴落とか、どこの政党は無茶するとか。早番のバイトの大山《おおやま》さんは、今、レタスとか葉っぱのものが高いとか、花粉症対策とか、そういう話をようしたはりますしね。ひまなときに、スマホで韓流《ハンりゅう》ドラマ見てはるから、その音声聞くのも楽しみなんです。

その言葉に、わたしははっとした。

（白ハリくんって、頭エエし、もっといろんなこと知りたいし見たいんや。それやのに、ケージに入れられたままやなんて……)

「わかった。ほんならこれから、わたしに見たいものとか、聞きたいものとかあったら言うて。誰もおらん時間に、スマホでテレビとか動画とか、見たりしてもエエし」

――そしたら、新聞とか週刊誌とか、なんか読むもん、ちぎってケージになにげに入れといてもらえませんか? たいくつなときに読みたいんで。

「え、白ハリくんって文章読めるの?」

――難しい漢字は微妙ですけど、だいたいは意味は分かります。

「わ、すごい! うん、分かったわ!」

約束して、その日は帰った。

帰り道で、コンビニに寄って、ヘアピンと週刊誌を買った。

おじさんが読むような雑誌で、今まで手に取ったこともなかったが、演芸評論が載っているのを見つけたのだ。

そしてそこに「進撃スタンダード」の名前があった。

評論家は、お兄ちゃんをほめていた。

――嶋本花世のしゃれた笑いのセンスと、カンのよさ、それに短い間ではあったが、お笑い界のアイドルとして、熱狂的な男性ファンを獲得したチェリーみつよの愛くるしさを受け継いでいる。その上、緻密《ちみつ》なネタ作りと多くの練習に裏打ちされた、しっかりとした話芸が、好感が持てる。

いよいよ東京進出の気配、楽しみである。

わたしは、アパートでそのページを繰り返し読んだ後、切り取って、リュックサックの中に入れた。

5. お誘い

夢中になって働いていたら、また給料日が来た。

それで冷蔵庫を買った。小さくて、冷凍室はないけど、物が冷やせる。ジュースもジャムもいつでも冷たい。

保冷材を冷やしておいて、暑くてたまらないときに、おでこや首筋に当てることも出来るのが、またうれしい。

アパートに帰るのが、楽しみになったが、お店に出るのも楽しみだった。

オーナーや星村くんに教えてもらったことは忘れないように、メモして、それを何回も見直した。

商品のことなら、星村くんにいちいち尋ねないでも対応出来るように、カタログを読んで、価格、素材、特徴など細かいことを覚えた。

引っ越しのときに猫を運ぶ、ペットキャリーを探しにきたお客さんへの説明が、自分でも感動するぐらいうまくいった。

「閉じ込められるのが苦手で外が見える方が良い子だったら、フタをロールアップしたら横一面がメッシュになるこのタイプがおすすめです。ナイロン製で毛が払えて、水も弾《はじ》きますので軽くてお手入れ簡単です。あ、こちらお買い上げで！ お色がブラックとブルーとございますがいかがいたしますか？ はい！ ブラックで！ ではいま、新品をお出ししますので」

（ああー！ わたし、なんかプロっぽい！）

効率のいい掃除の仕方を工夫した。空調や換気のタイミングも、お天気や気温の様子を見て、ささっと対応出来るようになった。

いろんな動物の特徴や世話の仕方をおぼえ、生体販売（動物を売ること）のお手伝いも少しずつ、やれるようになった。

契約しているトリマーさんとの中継ぎなんかも、緊張せずに出来るようになった。

顔なじみのお客さんと、お天気だのなんだの、世間話というものも、出来るようになった。

（なんか大人！）

そして、自分の言葉に関西弁が混じっても、あまり気にしないでいられるようになった。

気をつけていても、忙しかったり、あせったりすると、

「うわ、どないしょ！」とか「しもた！ アカン」など、ついつい瞬発力のある大阪弁がぽろぽろ出てくる。

「すみません。大阪弁、お客さんの前ではよくないですよね……」

と、オーナーに言ったら、

「いや、嶋本さん、はじめから、ずいぶん関西のイントネーションだったよ」

と言われ、ちょっとびっくりした。

自分では、ちゃんとした標準語のつもりで話していたのだ。

「あんまり気にしなくていいんじゃない？　あの関西弁、明るくていいねって、お客さんにもほめられてたし。嶋本さんが話すと、雰囲気が一気に朝ドラぽくなってなごむって、喜んでる人もいたよ」

「そ、そうですか？　それだったら、その、そんなに気にしないようにします……」

　このお店に来てから、次々と、わたしの中でわだかまっていた糸が、ほぐれていく。ずーっと小さいときから、そういうものだと思ってあきらめていたこと、いやだと思っていたことが、実はそうでもなく、あっさり認識が変わるのが、不思議だった。

自分にはこれが出来ない、とか、自分はこんな人だと思っていたことも、くるくる変わる。

三ヵ月前のわたしに、言ってあげたい。

ただ大阪にいるのがいやってだけで、東京に出るの、不安でこわかったよね。

ちゃんと進学したり就職したりするみんなに比べて、自分はなんてバカでかわいくなくて、なんにもとりえのない使えない子なんだろうって何回も泣いてたよね。

今だって、これになりたいとか、これをしたいって目標もないし、資格もないし、芸もないし、貯金もない。ときどき失敗して冷静に星村くんに注意される（その上、業務報告にきっちり書かれる）けど。

部屋にお風呂《ふろ》もクーラーもない（この先もっとましな部屋に引っ越せる見込みもない）けど。

パンもじゃがいももジュースもおいしいし、缶づめをまとめ買い出来るようになった。自分のいい所を見つけてもらえる人にも出会えてる。友達も出来た（人間じゃないけど）。何も出来ないって思ってたけど、ちょっとずつ出来ることが増えてるしね。

大丈夫、楽しく生きられるよ。


「今日も早いわね」

バックヤードでエプロンをはずしながら、早番の大山さんが話しかけてきた。

十六時から店に出られるように、五分前に入ればいいのだが、早く着いたら着いたでバックヤードでの居心地もよくて、今日も二十分前に店に来てしまった。

一度、早く着いたことで、急いで帰らなくてはいけなかった大山さんのフォローに回ることが出来た。

わたしにとっては十分や十五分、早く店に出たって、どうってことないのだが、大山さんが翌日、お礼に手作りの焼き菓子をくれた。

「わあ、おいしい!! 夢のお母さんの味がする！」

と言ったら、大山さんが「何、それ」と言って大笑いした。

わたしは子どものときにピンクのエプロンをして、クッキーやケーキを焼いてくれるお母さんにあこがれていたことを告白した。

いつも日当たりのいいキッチンに立っている、ふんわり甘い焼き菓子の香りがする、清潔で優しいお母さんが夢だったのだ。

「そんなステキなお母さんは、童話とかマンガの中にしかいないわよう。こんなお菓子だって、自己流で適当だし！　うちのキッチンは日当たりよくなくて暗いしさ」

大山さんは、それから、お菓子以外にもときどき食べ物をくれるようになった。作りすぎたかぼちゃのサラダとか、きんぴらレンコンとか。

大山さんは三十代で、子どももいないが、わたしを見ると「母心」が発動して、何か食べさせたくなるそうだ。

「その髪型かわいいわね。今日から七月だし、暑苦しくなくていいわ」

大山さんは、髪をシュシュでまとめなおしながら、そう言った。

「はい。今日はおだんご二つにしてみました。エプロンに合わせて、ピンはオレンジです」

「それに、そのスカートもかわいいわねえ。花柄が似合ってる！」

「ありがとうございます」

本当は、激安扇風機を買おうかと思っていたから、服を買う気はなかった。

そしたら、オーナーがもう使わないという古い扇風機をくれた。青く透ける羽根と、銀メッキがはげた本体がすごくレトロでかわいいと言って、大喜びしたら、オーナーと星村くんが、二人並んで、目を細めてうんうんとうなずいた。

扇風機を買うつもりだったお金で、ロリータ服専門のディスカウント店で、スカートを一枚買った。紫に近いピンク地に白いパンジーの花のプリントがしてある。すそがほつれているのと、ちょっとだけ破れがあり、正規の値段を考えたら、捨て値だった。

ほつれと破れを糸でかがって目立たなくすると、畳に広げて、その横に一晩添い寝した。

「あのさ、嶋本さん最近カレシ出来た？」

「ええ?」

わたしは目をむいた。

「カレシって、それ、なんですか? 新種の生きものですか?」

「またそんな。とぼけなくてもいいわよ!」

大山さんが、にやにやっと笑った。

「どんどんおしゃれになってるし、何見ても楽しそうだし。星村くんの証言もあるのよ。仕事中、ときどき何か思い出し笑いしてるし、閉店近くなるとそわそわしちゃって、何度も時計見てるって。バイトが終わったら、誰か、早く二人で会いたくてたまらない人がいるんでしょ」

「早く二人で会いたい……人……」

わたしは、はっとした。

確かにそうかもしれない。白ハリくんと、二人で話したくてたまらないのだ。

おしゃれも、自分だけのことだったら、こんなにがんばらない。

白ハリくんが、かわいいかっこうをすると、すごく喜んでくれるからだ。

それに食生活も改善された。

今日だって、わたしが戸締り番の日だから、白ハリくんと二人で食べるつもりで夜食……リンゴのスライス、生野菜のサラダに鳥のささみのゆでたのを載せたの、ゆでたまご、あと、ふかしたじゃがいもを刻んだの、それにハーブ塩を持って来ている。日によってはプチトマトや、バナナを持ってくることもある。

ハリネズミが食べていいものの中で、わたしが食べられるものを選んだら、こんなメニューになったのだ。

わたし一人だけのことだったら、たぶん果物も生野菜も食べなかっただろうし、簡単メニューであっても料理めいたこともしなかっただろう。

それから、白ハリくんといっしょに九時からのテレビ番組を見る予定だ。

『MANZAIぐらんぷり』という全国ネットの特番で、進撃スタンダードが出ると言ったら、白ハリくんがねえさんといっしょに見て、お兄さんの応援をしたい！　と言ってくれたのだ。これが楽しみで、わくわくしている。

「ええと、まあ、カレシじゃないですけど、早く会いたいなって思う……相手はいます」

わたしは、そう答えた。なぜか、顔が赤くなった。

「やっぱりね！　そうじゃないかと思ったのよ。それって、ひょっとして花園《はなぞの》くん？」

「は？」

しばらく、その名前が誰のものか、思い出せなかった。

「花園さんって、ええと、チャーミィ・フーズの営業さんでしたよね。いいえ。いいえ。まさかですよ！」

「あら、ちがうの。へえー。花園くん、最近じゃ嶋本さんのいる時間しか、店に来ないみたいだから、てっきりつきあいはじめたのかなって」

「ちがいますよ。花園さんと長めに話したのは、肥満猫用のフードについてのアンケートのときだけです」

わたしは、ぶんぶん、と首を振った。

「あらら、花園さん、ふられたわねえ。気の毒に」

「ふられたって、そんなわけないですよ！　誤解ですって」

「もっとカレシのこと、追及したいけど、今日は時間切れだわ。じゃあ、また明日《あした》ね」

大山さんは、くすくす笑いながらショルダーバッグをひっかけて、バックヤードを出て行った。

（白ハリくんがカレシだって、笑える！　確かに、おしゃれして、明るく楽しそうになって、料理するようになって、仕事が終わる時間をそわそわと待ってって。完全にカレシ出来てる人の行動かも）

わたしは、一人笑いしながら、エプロンのひもをきゅっとしめ、店に出た。

「嶋本、入りまーす」

店内にお客さんがいないのを確認して、カウンターで、伝票を書いている星村くんに声をかける。

「はい、よろしくお願いします」

星村くんは伝票から目をはなさず、返事した。下を向くと、もじゃもじゃの前髪がめがねの黒いフレームにおおいかぶさって、一層、うっとうしい。

（星村くんこそ、今日も早いね……）

星村くんのシフトは、わたしや大山さんのように、働く時間がはっきり決まっていない。大学の授業が終わったら、すぐに店に来ているようだ。

授業の早く終わる日は、昼過ぎから入っていたりする。

日曜日も、終日店にいる。それに家庭教師のバイト。獣医学科の勉強は、大変そうだって話を、オーナーも言っていた。

（星村くんもカノジョいなそうだよね。ぜんぜんおしゃれに興味なさそうだし、いっさい無駄な話もしないし。ああ、めがねがあぶらでくもっちゃってるし……。うーん、せめてあの髪、切らないのかな？　これからいよいよ夏なんだし）

するとわたしの視線を感じたのか、ゆらっと長い首をあげて、星村くんがこっちを見た。

（うっ、ほんまに星村くんって、キリンに似てる！）

先週、いっしょにアニマル動画を見ていたら、白ハリくんがそんなことを言いだした。高身長で長い手足、細身の体、ゆったりした動き、それに顔も細面。一度そう言われたら、もうそんな風にしか見えない。

「何か？」

「い、いえ」

わたしは、笑いをかみころして、首を横に振った。

「ええと、掃除から……でいいですか？　何か先にした方がいいことがあったら……」

「掃除でお願いします」

「はい」

わたしは掃除用具を取りにバックヤードに引き返し、ちょっと白ハリくんの方を見た。白ハリくんは毛布にもぐっていたが、わざともこもこと毛布の中で動いて見せた。

わたしがつい返事をしそうになるので、出来るだけ人のいる所ではわたしに話しかけない、声を出さないという約束を守ってくれている。

白ハリくんの声が聞こえなくても、言いたいことはびんびん伝わってくる。

今日の夜、テレビを見るのが楽しみだと言いたいのだ。

(わたしも楽しみ)

家族が芸人だというのは、誰にも知られたくない。

そして、わたしが「あの、嶋本ファミリー」の一員だと知らない人に囲まれている、今の生活にとても満足している。だけど、それでも、お兄ちゃんの応援をいっしょにしてくれる相手がいるのは、うれしい。

おばあちゃんがすごく、かっこいいネタをしてたとか、お兄ちゃん達の漫才は、東京の演芸評論家がほめるほどうまいんだとか、そういう話を安心して出来る相手がいるのは、楽しい。

ぐるぐる巻きに梱包《こんぽう》されて、そこに何があるのかも考えないようにしていたかさばるばかりの大きな箱を、胸の奥から引っ張り出して、ようやく開けられたような気分だ。

子どもでも落としたのだろう、床に散っていたお菓子の粉を小さいほうきとちりとりで、集めていると、

「こんにちは！　チャーミィ・フーズです！」

よく通る声が響いてきた。

顔をあげると、ネクタイに紺スーツの小柄な男の人が、歯を見せて笑ってこちらに手を振った。

(あ、花園さんだ……)

わたしは、ほうきを手に、こんにちはとあいさつした。こっちは、いつもより声が伸びない。

(う、なんか……。大山さんが、あんなこと言うから、意識してしまうんだけど……)

「花園さん、ちょうどよかった。この間、注文した高齢猫用のフードの件なんですけどね……」

星村くんがカウンターの中から話しかけて、花園さんはそちらに行った。

なんとなく、ほっとしてほうきを動かし続けていると、急に紺のズボンと黒い革の靴が視界に入った。

(えっ)

顔をあげたら、花園さんがすぐ前に立っていた。

「あ、あの」

あわてて、カウンターの方を見る。星村くんのすがたが見えない。

「あのさ、嶋本さん、今夜って何か約束ある?」

「え、え?」

「今日、この近くで飲み会があるんだ。だけど、やたらに同期の男どもが参加するって言いだして、女の子が圧倒的に少なくてさ。ぼく幹事で、来てくれたらすっごく感謝なんだけど、どう?来てほしいなー、お願い!」

花園さんは、拝むように顔の前で手を合わせた。

(これって、ええと? 女の子の数が少ないって、男女の数を合わせる飲み会……ってことは、ひょっとして……噂で聞いたことがある、あれのこと?)

「合、コン……ですか?」

まさかそんなメジャーで、リア充な感じのものが、自分にふりかかろうとは思っていなかった。

「あ、あの、えと、その、わたしちょっと……」

しばらく忘れていた動悸《どうき》がして、舌がもつれはじめた。

「あ、嶋本さん、ひょっとして合コンとか、めんどくさい方?」

「め、めんどくさいっていうか、その、あまりそういうのは……。大勢でとか、苦手で」

よく知らない男女で飲み会とか、何を話すのか、想像もつかない。

「ふーん。じゃ、一対一の方がいいってこと? それもいいけどね。ぼく的には合コンにかこつけて、嶋本さんを誘い出す手間がはぶけるっていうか」

何を言われているのか、わからなかった。

だから、どう返事していいのかも、わからなかった。

「だめかな?」

「……や、今日は九時から約束が……あるんで」

「あ、本当に先約があるんだ。かわいいかっこうしてるもんね。デート?」

よっぽどそうだと答えようかと思ったら、くすっと笑われた。

「そういうのは気にしないけどね、ぼく。その気になったら連絡して」

固い紙を指の間に差し込まれたとき。

がたたん! 大きな音をたてて、在庫置き場の折れ戸が開いた。

「花園さん」

星村くんが、中から顔を出した。

わたしは、さっと横にとんで、花園さんから離れた。

「さっき言ってた肥満猫用のドライフードは、追加しますけど、高齢猫用のは返品するように、オーナーに言いつかってますので」

「ああ、そうですか！　わかりました」

花園さんは、何もなかったかのように、笑顔で星村くんと話の続きにもどった。

わたしは、後ずさりしてその場を離れ、ごみを拾うふりをして、白ハリくんのケージの前にしゃがんだ。

手の中には、花園さんの名刺があり、裏にケータイの番号が書いてあった。

——ねえさん、せっかくのデートの誘いやねんから、行ってきはったらどないですか。

白ハリくんが、控えめな声で言った。

わたしは、首を左右に振った。

「いやや。約束、楽しみにしてるんやし」

——そやけど、カレシ作るチャンスかもしれませんで。

仕事の話が終わり、花園さんは店を出て行った。

「嶋本さん、じゃあ、また！」

手を振って、小走りに去った花園さんの背中をしばらく見ていた。名刺をぎゅっと握ったら、角が指に刺さった。

「いたっ」

——大丈夫でっか？

「うん、平気。もう、こんなん……エエわ……」

名刺を半分にちぎって、白ハリくんのケージの中に押し込み、新聞紙の下につっこんだ。

店のドアが開き、ショッピングカートをがらごろと引く音がした。ワイン色のカーディガンと花柄の帽子が見えた。

「野溝様、いらっしゃいませ」

わたしは笑顔になって、いつもカートがひっかかるドアを大きくあけるために、入口に駆けだした。

6. 商品だから

スマホで見る画面は小さかったが、進撃スタンダードの漫才……テンポのいい言葉のやりとり、どんどん入れ替わる変則的なボケとツッコミ、きれのいい動きもちゃんと見て取れた。審査員もお客も、盛大に笑っていた。身内のひいき目じゃなくて、進撃スタンダードの取った笑いが一番大きかった。

ＭＡＮＺＡＩぐらんぷりは、出場資格が結成十年までのコンビなので、若手メインのコンテストではあるが、そうとう上手なコンビや、すでに全国的な人気者コンビも出る。関西ローカルでは、そこそこ人気のお兄ちゃん達だが、全国ネットの、しかも九時から二時間という時間帯でテレビに出るのは、これが初めてだ。

審査員の点数と、一般審査員の点数が加算されて、優勝が決まる。

バラエティ番組のレギュラーを持っているコンビは、一般審査員の点数が一番高かった。

だけど、集計したら一点差で、お兄ちゃん達が勝った。

わたし達は、おどりあがって、叫んだ。

「やったー！　やったー！　お兄ちゃん、すごい!!」

――進撃スタンダード、サイコー！

白ハリくんは興奮をおさえきれず、走り車の中で爆走した。

「わあ、お兄ちゃんも、相方のふろむさんも、泣いてる！」

トロフィーを挟んで相方と抱き合って、号泣するお兄ちゃんの姿を見たら、わたしも泣けてきた。

「お、お兄ちゃん、う、う、人気がちょっと出たってチャラ男にもならへんで……、ロケばっかりで忙しくてもきっちりネタ作って、うっ、うっ、ひっく、毎日けいこして、体もきたえて……エラひ。ひゃっく。ずごいよ。お兄ちゃん……」

お兄ちゃんのツイッターや進撃スタンダードのブログも、ずっとチェックしていた。

コメントをつけたことはないが、まじめなお兄ちゃんの、ストイックな芸人生活を、こっそり応援していた。

わたし達は、番組が終わってもしばらく感動の余韻にひたっていたが、ふと、白ハリくんがこんなことを言いだした。

――ねえさん、お兄さんにおめでとうって、言ってあげへんのですか？

「え、だ、だって、もうずっと、連絡取ってないし……」

――東京に来てからもずっと、メール送るとか電話するとか、してないんですか？

「う、うん……。家にも一応住所は伝えてるけど、連絡してないし、お兄ちゃんにも特には……。こっちはお兄ちゃんのこと気になるから、いろいろチェックしてるけど……」

――お兄さんの方も、きっとねえさんのこと、気にしてはるんちゃいますか。心配してはりますよ。

「そ、そうかな……」

――そら、そうですよ。ずっと連絡してないんやったら、エエきっかけです。優勝おめでとうって妹に言われたら、うれしいし、元気にしてるんやと思ってほっとしはりますで。今すぐ、連絡しなはれ。

「でも、番組、生放送やったやん。きっと今、番組終わったばかりで、おおぜいの人に囲まれて、電話なんかしたら迷惑……」

――メールしましょ！　メールやったら、後で返事も出来ます。迷惑になんかなりません。

白ハリくんが、鼻先をふんふん動かしながら、強く言うので、わたしはうなずいた。

お兄ちゃんにメールなんか送るのは、ものすごく久しぶりだった。

中学の頃……、お兄ちゃんが家を出て、快晴とおる師匠の弟子になった頃は、わりとよく送っていた。漫才師としてデビューしたときも、初めてテレビに出たときも、送ったような気がする。

進撃スタンダードの人気が、わっとあがって、しょっちゅう深夜番組でお兄ちゃんの顔を見るようになって、連絡を取らなくなって……。

わたしは、お兄ちゃんにメールを送った。

〈優勝おめでとう！　お兄ちゃんも、ふろむ今川さんも、すっごくカッコよかったよ。コノカ〉

気恥ずかしくて、それが精いっぱいだった。

――もっと、なんか書いたらよろしいのに。今、わたしはこんな感じでがんばってますとか。

「そんなん、よけいやって。忙しいのに、長い文読まされたら、うっとうしいやろ」

すると、ぽん、と軽い受信音がして、返信が来た。

「わ、お兄ちゃん、はやっ！」

〈ありがとう！　見ててくれたんやな。ペットショップの仕事は楽しいか〉

「え、ええっ?!」

わたしは声をあげてしまった。

〈お兄ちゃん、なんで、それ知ってるの？　家にも言ってないのに〉

送信したら、また即、返信が来た。

〈アホ、お前のツイッター見たらわかるわ〉

〈えっ、わたしのツイート見てたん？〉

〈電話しても出えへんから、おまえが犯罪に巻き込まれたんちゃうかって母さんが言いだして、しかたなく探したんや。高校のときからアカウントが変わってないから、すぐ見つかったけどな。ペットショップの写真、しょっちゅうあげとるやろ。写真あげたらGPSで場所もわかるんじゃ。神宮前やろ〉

〈あ、そ、そうか……。お兄ちゃん、すごい！〉

〈いろんな意味であぶないからもう、GPS表示をさせへん設定にしとけ。ほんでな、おれが、おまえのツイッターで見たことを、うまいこと父さんと母さんに伝えて、安心させてるんや。毎日まじめに働いとるとか、店の人にかわいがってもろてるようやとか〉

〈え、そやったん？〉

〈アホめ。そやないと、あの母さんがおまえにがんがん電話もかけんと、放っといてくれるわけないやろ。感謝せえ〉

〈うん、感謝〉

〈愛想ないな！〉

なつかしかった。お兄ちゃんは、わたしが中学のときの感じのままだった。

ずっとこんな感じで、メールをぽんぽん打ち合ってた。

〈ほんならまたな。スカート買うのんもエエけど、ちゃんとしたもんを食えよ〉

そこで、返信は終わった。

「ふふふ……」

わたしは、お兄ちゃんとの会話をスクロールしてながめて、笑った。

――ねえさん、よかったですな。

「うん」

白ハリくんにうなずいた。

「白ハリくんの言うた通りにしてよかった。ありがとう」

わたしは白ハリくんを手のひらに乗せた。

――へへへ。そう、まっすぐにお礼を言われたら照れますな。

「ううん、本当の本当にありがとう」

恥ずかしそうな白ハリくんを、仰向《あおむ》けにした。きゅうっと背中を丸くして、白ハリくんはぱくっと割れた栗のいがみたいな形になった。

針の内側の、ほわほわした毛に包まれた、やわらかいおなかのあたりを、こちょこちょっと指先でくすぐった。

──あー、気持ちエエですわー。

白ハリくんが、うっとりと目を閉じた。

「ふふふ！　白ハリくんがそんな顔したら、わたしも眠くなるわ」

カウンターにおでこをくっつけて目を閉じた。

──ねえさん、ここで寝たらあきませんで。

「あーあ。このまま白ハリくんとずっと朝までいっしょにしゃべったり、テレビ見たり、なんか食べたり、ついでにいっしょに寝たりしたいなー」

白ハリくんは無言で丸まりなおした。

「今日さ、花園さんに誘われたとき、本気で思った。カレシがいますって言えたらいいのにって。白ハリくんがカレシだったら、よかったのにって」

わたしは、カウンターに顔を伏せたまま言った。

「白ハリくんみたいに、気が合って、いっしょにいて楽しくて、大好きな相手って、この先出会えるのかな？」

──ねえさん。

白ハリくんが起き上がって、わたしの手のひらから下りた。

——もう十二時近いです。はよ、帰りなはれ。

「このまま、朝までいようかな。オーナーが来るまでに帰ればいいし」

——あきません。

白ハリくんが背中をむけた。

——ちゃんとアパートに帰って、ふとんで寝ないと体に悪い……。

「嶋本さん?」

急に声がかかって、びくうっとなった。

バックヤードのドアを開けて、星村くんが立っていた。

「なんで、まだ店にいるの?」

「ほ、星村さん、こそ、どうして」

「いや、家庭教師のバイト先が、この近くだから。裏を通ったら、なんか店に明りがついてるから、明りの消し忘れかなって思って。……白ハリと遊んでたんだ」

星村くんが、カウンターの上で縮こまっている白ハリくんを指さした。

「あ、あの、すいません。その、勝手に……遊んじゃって……」

「嶋本さんが、その白ハリを好きなのは知ってるよ。白ハリも嶋本さんのことが大好きで、いっしょに遊んでやったら喜ぶと思うよ。でもさ……。彼、商品なんだよ」

「商品」という言葉が、ずんと胸に刺さった。

「……あのさ、今日の昼、ハリネズミがほしいっていうお客さんがいらしたんだ」

「え」

「白ハリのことも、気にいってらしたよ。でも、ホワイト系じゃなくて、チョコレートかグレー系もいいし、そっちの方が安いから、いいかなあって。家の人と相談してまた日曜にでも来まって帰って行かれたんだよ。だから」

「白ハリくん、誰かに買われちゃうかもってことですか？」

「うん。ペットショップだからね」

どおん、と、床が抜け落ちたようなショックだった。

当たり前のことだ。ここの動物達は、ペットショップで売りものとして置いてある、生体だ。

なのに、なぜ、白ハリくんだけは「いつ買われてもおかしくない」ことを忘れていたんだろう？

「白ハリを、ケージにもどして」

「……はい」

わたしは、のろのろと白ハリくんをケージの中に入れた。砂をつめたように手足が重い。

「おやつも、勝手にどんどんあたえちゃいけないよ」

「はい」

そう答えるしかない。全部間違ったことをしていたんだから。

からになった容器のふたを閉め、リュックに入れた。

わたしがリュックを背負うと、星村くんが店の明りをおとした。

バックヤードのポットのコードを抜き、窓のロックを確認して、鍵《かぎ》を返すように言った。わたしは店の裏口の鍵を、星村くんにわたした。

鍵をかけながら、星村くんが言った。

「駅まで送るよ。遅いから」

「いえ、大丈夫です。終電まで、まだ時間があるし、広い通りに出たら、にぎやかですし……」

「……わかった。気をつけて」

星村くんが、うなずいた。

「じゃあ、失礼します。本当にすみませんでした……」

「嶋本さん」

星村くんが、呼び止めてきた。

「あの白ハリを買ったらどう?」

「え、でも……」

わたしには貯金がほぼない。白ハリくんは四万五千円。それに飼うとなると、ケージはいるし、エサ代もかかる。走り車や床材や給水ボトルだって、ほしい。ケージが六千円、走り車は三千円、床材千円、給水ボトルが八百円、これにエサ代。

五万八千円プラス税金。

今のバイト代では、生活費以外にそれだけの金額を作るのはとても無理だ。

「お金のことはオーナーに相談して、分割にしてもらうとか。せめていくらか渡して、キープさせてもらうとか。方法があるんじゃないかな」

「……考えてみます」

わたしは、もう一度星村くんに頭を下げ、駅に向かった。

（ほとんど寝られなかったな……）

翌日、土曜日。わたしは重だるい体を起こして、目をこすった。

眠い。でも、今日は朝から出勤を頼まれている。

昨日はいろいろありすぎて、頭の中がどくんどくんと脈打つように、いろんな考えや気持ちがうごめいて、結局眠れなかった。

白ハリくんを買うお金を、お母さんに言って送ってもらおうか……。

必ず返すからって言って……。

でも、決心がつかなかった。

（電話しただけで、いろいろ言われるやろな……。東京で一人ぐらしなんて、エエかげんにやめて帰って来なさいとか。その上、お金を借りたいなんて言ったらどんなこと言われるか……。それにハリネズミを買うからっていう理由も、反対されるやろうし。わたしにとって、すごく大事な友達なんや、なんて言ってもわかってもらわれへんよな……）

お母さんのあの、興奮した甲高い声、容赦ない言葉の連打を想像しただけで、緊張で体が硬くなる。

ため息ばかりついていてもしょうがないので、支度をしてお店に行った。パンジー柄のスカートや星空模様のシュシュなどの、テンションアップアイテムを身につけてもさすがに今日はわくわくしない。

お店に向かう電車で、また別の問題に気がついた。

（あっ、星村くん、昨日のこと、オーナーに報告したやろか！）

わたしが白ハリくんと毎週のように店で遅くまで遊んで、勝手におやつをやっていたことを知ったら、どうなるだろうか。

（オーナーも、もう、鍵をあずけてくれたり、しない……よね。もしかしてクビになったりして……。そんなん最悪やん……）


バックヤードにはまだ、星村くんは来ていなかった。

このオレンジ色のエプロンも、つけるのが最後かも……。

そんなことを思いながら、そろそろと売り場に入った。

「……おはようございます……」

声が、縮こまる。

「おはよう！」

オーナーは、いつもと同じ、笑顔でこたえてくれた。

何か言われることを覚悟して、オーナーの前に立っていたが、

「ん？　どうしたの？」

不思議そうに尋ねられた。

「あ、あ、いえ、なんでもないです。あの、掃除します！」

「開けたばっかだから、そんなに汚れてないけど？」

「あ、ええとー、じゃあトイレの掃除します！」

「ああ、それは助かるね。ペットショップは清潔第一」

オーナーが、大きな目をぐりぐりさせて、陽気に言った。

わたしは自分の名前を書いた厚手のピンクのゴム手袋を装着し、トイレ用ブラシとお掃除シートを握りしめ、トイレに逃げ込むように入った。

（ひょっとして、星村くんまだ、オーナーに何も言ってないのかな……。そうか、昨日はもう夜遅かったし、夜中に電話してまで言うことじゃないって、星村くん思ったのかも）

そう思ったら、とりあえずはほーっとした。

ものすごくていねいに時間をかけて、今までで一番、トイレをぴかぴかにした。

売り場にもどるのが、こわい。星村くんがいるはずだ。

びくびくしながら、そーっと売り場にもどると、オーナーの姿はなかった。

星村くんはカウンターの前に立ち、電話を受けていた。

「はい。はい。ええ、ええ。それはかまいませんよ。お子さんといっしょにいらしてください。まだ、あの白ハリは予約も入ってませんし」

星村くんの言葉を聞いて、凍りついた。

「ただ、いらっしゃる前に予約されるお客様がいらした場合、そちらを優先ということになってしまいますが……。それでよろしいですか？」

ちら、とわたしの顔を見ながら、星村くんが言った。

「いえいえ、かまいませんよ。よくお考えになって決めていただければと思います。はい。オーナーも午後にはおりますので……ええと、一時にはもどってきますから。お待ちしております」

星村くんが、受話器を置いた。

わたしは、ぼう然と立っていた。

話はみんな聞こえていただろうけど、白ハリくんもだまっていた。

「嶋本さん。昨日言ってたお客さん。中学生の娘さんといっしょに、来店されることになった。娘さんが白ハリを見て気にいるかどうか、会わせてみたいそうだ。一時には来られるよ」

「その娘さんが、白ハリくんを気にいったら、……その場でお買い上げってことですか？」

「その可能性もある。予約も入っていない以上、ご希望のお客様には来ていただくしかない」

星村くんが、メガネの奥で目を見開き、わたしをじっと見た。

「嶋本さん。ちゃんと接客出来ますか？」

「……え、えと……？　ちゃんと接客って……どういう……」

「この仕事に慣れていない人が、やりがちなことなんですが。お気にいりの子が売れるときに、泣いてしまったり、しつこく大事にしてくださいとお願いしたり。そういうのは、お客さんに不愉快な思いをさせます。申し訳ないと、こちらに気を遣ってしまう方もいらっしゃる。だから、笑顔で接客してください」

わたしは、うつむいた。

どうしよう。笑顔で接客なんて自信がない。

きっと白ハリくんは言うだろう。

――ねえさん。ぼく、大丈夫ですから。

――ねえさんと話せて、ものすごく楽しかったです。飼い主が決まるのは、ありがたいことです。

もともとぼくと話せる相手と出会える方が、奇跡やったんです。気にせんといてください。笑顔で接客してください。

　わたしは、ぎゅうっとエプロンのすそをつかんだ。

（ちがう、白ハリくん。エエことない。あんたがよくても、わたしがエエことない）

初めて出来た、本当の友達。

なんでも話せる、いっしょにいたらいつだって楽しい、友達。それがたまたま、ハリネズミで、たまたまつとめている店の商品だっただけで。

　誰かに買われてしまったら、もうだめだ。その飼い主さんに頼んで会わせてもらうのは、難しいことだ。その上、好きなだけ話しあえる機会なんて、きっと二度とないだろう。

（ここまでぴったりの二人が出会えたことが奇跡みたいなもんなんやもん。それやのに、このま二度と会えなくなるなんて……）

　わたしはぐうっと奥歯をかみしめた。

（あかん、そんなん、耐えられへん）

「星村さん！　買います！」

　気がついたら怒鳴っていた。

「買う？　白ハリを？」

「はい。予約します！」

「お金はどうするの？」

「ちょっと待ってください」

わたしは、バックヤードに駆けこんで、リュックの中からスマホを取り出した。

お兄ちゃん、ごめん。

そうつぶやきながら、メールした。

〈ハリネズミを買いたいから、お金貸してください。一生のお願い。ケージとか全部こみで六万円ぐらい。わたしにとって、めっちゃ大事な子で、どうしてもその子じゃないとアカンねん。毎月少しずつバイト代から返すから、お願いします！〉

しばらく待ったが、返信は来なかった。

（お兄ちゃん、仕事中かな……）

スマホを持ったまま、売り場にもどった。

星村くんは、親子連れ相手に接客していた。ドッグフードの説明の途中でわたしを見た。

「嶋本さん、インペリアルドッグのオーガニックフード、一キロの袋、あるかな」

「……はい。見てきます」

「あったら全種類持って来て」

「はい」

（白ハリくん、待っててね。きっと……大丈夫だから……）

そう思いながら、在庫を確認に走った。

言われたフードを見つけて、三種類ひっぱり出し、カウンターまで運んだ。新しく入って来たお客さんにいらっしゃいませと言った。

あの、これ、獣医さんでもらったカタログなんですけど、これありますか。

ああ、ペット用除菌スプレーですね。ここに、ありますよ。大きいサイズの方がよろしいでしょうか？　大きいボトルの方が、割安でお得ですが、小さいボトルの方が、持ち運びに便利だとおっしゃって、小さいのにされる方もけっこういらっしゃいます。ええ、詰め替え用の液体もありますし。

自分の声が自分のもののように思えない。それに体も自動操縦になっている。

すいません、猫草置いてありますか。

栽培キットならありますよ。いいえ、種まきは必要ないです。化学肥料も使ってないし、詰め替え可能な磁器ポットになってますからエコですよ。

自動操縦の割には、なかなかちゃんと接客出来ていたように思う。笑顔にはなれなかったけど。

猫草栽培キットをお客さんが一つ買うと言ったときに、ポケットの中で、メール受信の音がした。

「少々お待ちくださいませ！　新しい方の猫草栽培キットを出してきます！」

在庫置き場に飛び込んで、スマホを見た。

〈優勝賞金はまだ、振り込まれてないっちゅうのに、いきなり金の無心とはエグイやつやな！　ま、何か買ってくれとか言うたことないおまえがそこまで言うんやったら、よっぽどなんやろけど。六万なら貸したってもエエ。しかしハリネズミとはなんでやねん？　意味分からん！〉

〈貸してくれるんやね。ありがとう！〉

細かいフォローは後でと決めて、問いかけをスルー、お礼の返事だけ送った。

「星村さん。お金、大丈夫です」

猫草栽培キットをかかえたお客さんが店を出るなり、言った。

「お兄ちゃ……兄に借りることが出来そうです。白ハリくん、今すぐ、予約します」

「……そうか」

星村くんがうなずいた。

「じゃ、前金、少しでも今出せる？　それで予約成立だから」

わたしは、千円札を一枚、カウンターの上に置いた。

星村くんは、それを受け取ってレジに入れた。

そして領収証を作り、「白ハリネズミ予約金」と但し書きもいれてくれた。

「あの、残りは出来るだけ早く、払いますから……」

「そうしてくれたら、ありがたいよ。……じゃ、予約済みのふだ、白ハリのケージに貼ってくれる？　ぼくはさっきのお客様に電話して、白ハリが売れてしまったことを伝えるから」

「はい。ありがとうございます」

「お礼を言うのはこっちの方です。お買い上げありがとうございました」

星村くんが深々と頭を下げた。

わたしも頭を下げ、予約済みと書かれたカードを引き出しから出して、白ハリくんのケージに貼りつけた。

「白ハリくん……。これでわたしが飼い主やよ……」

小声で言ったが返事がなかった。ケージを開けて、そっと毛布をめくってみたら白ハリくんが爆睡していた。

「……なんや、寝てるやん。もう」

わたしは、白ハリくんの背中の針の先を、指先でちょっと撫《な》でて、起こさないようにそっとケージを閉めた。

7. 声が重なる

休憩時間だった。

バックヤードのドアをノックする音がした。

「あ、はい！」

「白ハリくん、どう？」

オーナーが、ドアを開けてひょいっと顔をのぞかせた。

「あ、まだ眠いみたいで寝てます。すいません、もう売り場に出ますんで」

わたしは、バスケットのふたをそっと閉めて、立ち上がった。

「いや、まだ、五分ぐらいはいいよ。星村くん、接客中だし。ほい、これ、白ハリくんのおやつにしなよ」

オーナーはキャットフードの試供品の小袋を、ざらっといすの上に積んだ。

「あっ、ありがとうございます！」

「いや、それ、花園くんからなんだ。嶋本さんのハリネズミにどうぞって」

「花園さんが？　こんなに？」

わたしは、いすの上で小さい山になっているカラフルなフードの袋とオーナーの顔を交互に見た。

「きみに気にいられるには、まずはハリネズミからって思ったんじゃないの？」

そう言われて、一瞬ぽかんとしてしまった。

（あ、そういえば）

先週の金曜に花園さんに合コンにさそわれて、断ったことを思い出した。

もう、白ハリくんのことでいっぱいいっぱいで、そんなことはすっかり忘れていた。

「わたしに気にいられるようになんて……。花園さん、おもしろがって、ふざけてるんですよ」

「そうかなー。彼なりに、いっしょうけんめい考えたんだと思うけどな」

「でも、花園さんは、その、明るいし、遊び相手はいっぱいいるみたいな感じの人だし、わたしなんて、本気じゃないですよ」

だいたいカレシがわたしにいても、そんなの気にしないとか言うぐらいだし。それって、自分に彼女がいても、平気でほかの女の子と遊びますってことでもあるよね。

よけいなことを言ってしまいそうになるのを、きゅっと口をつぐんでがまんした。

「その顔じゃ、きみと白ハリくんの間に入り込むのは難しそうだね。ははは」

オーナーは大笑いしながら、バックヤードを出て行った。

「ほんまにオーナーの言う通りやわ」

わたしはバスケットに向かって顔を寄せ、小声で言った。

「いま、白ハリくんを置いて、合コンなんか行くわけないもんね」

――ええんでっか？　ぼく、ごはんさえ置いといてもろたら、一人で待ってますよ。

「エエの、エエの。それより店が終わったら、動画撮るからね！　お兄ちゃんに見せる約束してるんやからね、かわいい顔してよ。六万貸した値打ちあったなって思ってもらえるように」

――ハイハイ、わかってます。六万円分の笑顔しますから。

「あれ、白ハリくん笑顔って出来んの？」

――笑ってるわけやないんですけど、人間から見たら笑顔に見える顔、出来ますねん。

「え、ほんま？」

バスケットのふたをあけると鼻先を上げて、口を大きく開いた白ハリくんと目が合った。

「うっ」

わたしは大声で笑いだしそうになるのを、必死でこらえた。

「それ、その顔、後で撮らせてな」

わたしは、バスケットのふたを閉め、エプロンのひもを結び直して、売り場にもどった。


お兄ちゃんに送金してもらい、前金を入れて三日後には白ハリくんを買うことが出来た。ケージや走り車、水入れ、えさ入れなどは白ハリくんがもともとお店で使っていたものを、中古価格でオーナーにゆずってもらった。あまったお金で、フードも多めに買うことが出来た。

さあ、いよいよ白ハリくんといっしょに家に帰ろうというときに、星村くんが聞いてきた。

「嶋本さん、部屋に冷房、ある?」

オーナーのくれた扇風機を回す、それに冷蔵庫のとびらを開けたら涼しいと答えたら、星村くんがうーんと首をかしげた。

「ハリネズミは、室温の調節が大事だよ。寒いと冬眠してしまう危険性があるし、暑すぎるのもいけない。熱中症になると命にかかわるよ。クーラーがないとなると、アパートの室温、かなりあがるんじゃないの?」

「まめにひんやりシートをとりかえてやったりしたらなんとかなるんじゃ……」

「嶋本さんが店に出ている間は、それもしてやれないだろ」

そう言われて、うっと言葉に詰まった。

木造の古アパートは暑い。夕方から出勤の日はまだしも、朝から一日通しで店に入る日は、窓を閉め切った部屋に、ずっと白ハリくんを置いておくことになる。

七月上旬まではまだしも、七月の後半から二ヵ月は、ものすごく部屋も暑くなるはずだ。

(ほんまや。なんで気がつかへんかったんやろ! そんな暑い部屋に置いたら、白ハリくん、病気になるか、悪かったら死んでしまうかも!)

「クーラー買うお金は……ないです……。これ以上、お兄ちゃんにお金を貸してって言いにくいし……。仕事中に世話を頼める人もいないですし……」

わたしは、うなだれた。あがっていたテンションが急降下して、胸の底に沈殿していた泥がもやもやとたちあがり、澄みかけていた心の水に混ざる。

(やっぱり、わたしが飼うっていうのは、無理やったんかも……)

白ハリくんを買うかどうか迷っていたお客さんは、オーナーと話して、結局ブラウン系のハリネズミの入荷を待つことになった。

来店されたお母さんも娘さんも、とてもきれいだった。服も持ち物も、カジュアルだけどセンスがよくて質のいい物で、住宅とか車のCMに出てくる人達のようだった。罪のないパパのうわさ話をしたり、ハリネズミのケージを家のどこに置くか今から気にしたり、娘さんのトートバッグに、ハリネズミのアップリケをつけるときに、ちょっとゆがんで、あまりかわいくなくなってしまったことなんかを話題にして、仲良く笑っていた。

世の中に、ほんとうにこんな人達がいるんだと思ったら、まばゆくて、直視出来ないほどだった。

(ああいう人に、広くてきれいなお家《うち》で飼われたら……ハリくんにとって幸せやったかも……)

もう、そうとしか思えなくなったときに、オーナーが言った。

「うーん、本当にもう、しょうがないねえ。じゃあ、連れて出勤しておいで」

「え、白ハリくんを連れて出勤、ですか?」

「呼吸がしやすいメッシュ素材のかばんとか、バスケットとかに入れて連れておいで。駅員に申し出たら、手荷物扱いで電車に乗せられるから。だまって勝手に乗せちゃだめだよ。ちゃんと手荷物料を払ってね」

「は、はい」

「あと、動物アレルギーの人もいるし、ハリネズミを怖がる人もいるかもだから、移動中、かばんから出さないようにね。白ハリくんの様子が気になっても、ホームや電車の中でふたをあけてさわったり、顔だけでも出させちゃNG」

「はい！」

わたしはエプロンのポケットからメモ帳とペンを出して、聞いたことを書きとめた。大事なことはすぐメモ、は、もう習慣になっている。

「そんなに冷房もきかないけど、灼熱《しゃくねつ》のアパートよりも、うちのバックヤードの方がましだろ。ハリネズミは大きい声で鳴いたりもしないから、お客様の邪魔にもならないしね」

「あ、あ、ありがとうございます！」

「ただし、白ハリくんと店で遊ばないこと。休憩時間にえさをやったりするのはいいけど、仕事中は白ハリくんに気を取られないでね。バックヤードに白ハリくんがいても、かまわないよね？星村くん」

「ぼくはかまわないです」

オーナーに、わたしは何度もお礼を言った。星村くんにもありがとうございますを連発した。

それでわたしと白ハリくんは、こんなふうに、いつもいっしょにすごせるようになったのだ。

オーナーとの約束を守って、わたしは休憩時間以外は、白ハリくんに話しかけないようにした。

話したいことが思い浮かんでも「後で話そう」と思えるのが、また、うれしかった。

ちょっとの間でも話せるチャンスがないか、ドキドキしながら売り場の様子をうかがいつつ働いていたこの二ヵ月足らずのことを思ったら、落ち着いて店の仕事を出来るのも良かった。

「じゃあ、戸締りよろしくね」

レジを締めた星村くんから、店の裏口の鍵《かぎ》をもらった。

「今日は、家庭教師の日でしたね。了解です」

「前みたいに、遅くまで店で遊んでないで、早く帰ってね」

オーナーが店の表に、ご近所から頼まれた迷い猫のポスターを貼っているのを横目で見ながら、早口で星村くんが言った。

「先週、白ハリくんと遅くまで店にいたこととか……、こっそりおやつをあげてたこととか、オーナーにだまっててくれて……ありがとうございます」

星村くんは、口の中でもごもごと何か言いかけたが、厚めのくちびるをむぐっとつぶして、ただうなずいた。

「あ、オーナー、シャッター、下ろしておきますから、どうぞ行ってください。今から夜指定の配達ですよね」

「そうなんだよ。じゃあお願いするね」

半分まで下ろしたシャッターをくぐって、オーナーは外に出た。

星村くんはバックヤードでシャツを替えて、裏口から帰った。

わたしは、店を閉める段取りをこなし、バックヤードにもどった。エプロンをはずし、白ハリくんをバスケットから出す。

「さ、白ハリくん。笑って」

折り畳みのいすを広げて、白ハリくんを置き、スマホを向けた。

——ここで撮るんですか?

「アパート、なんか電気、黄色ぽくて暗いやん？　今の世にLEDとちがうしさ。まだここの方が明るいから写りがエエよ」

――アパートの部屋、お兄ちゃんに見られるのんいややからちゃいますのん。片づいてないとか言われそうって、言うてましたやん。

「ばれた？　お兄ちゃん、けっこううるさいねん。整理整頓《せいとん》好きやしさ、洗濯物ためてるのんとかも、もし見られたら即注意されそうやし。はい、さっきの笑顔ください！　さっさと撮って、はよ帰ろ」

――ぼくだけでっか？　せっかくやったらいっしょに撮ったらどうでっか？　お兄さん、その方がうれしいんちゃいますか？

「それもそうか……。ほんなら、いっしょに撮ろうか」

わたしは白ハリくんを左手に乗せて、右手を伸ばして、カメラを自分に向けた。

「お兄ちゃん！　この子が白ハリくんです。わたしの友達です！」

白ハリくんは、一生懸命かわいい笑顔を作っていたが、疲れてきたのか叫んだ。

――ねえさん、はよ撮ってしもてください!!

(いたっ！)

わたしは録画を止めて、大声で叫ぶ白ハリくんの声に顔をしかめた。

急に白ハリくんの声がきーんと尖《とが》って、頭の中に刺さった気がした。

――この顔、キープすんのん、キッツイです！

ボリュームやエコーも、大き過ぎる。お風呂屋《ふろや》さんの天井みたいにわんわんと反響して、言葉が聞き取りにくい。

――だいたい、ハリネズミに笑顔さすって、無理がありますで！

（あかん……。声が痛い……）

「白ハリくん、ちょっと、声がその……」

――え、聞こえにくいんですか?! どないしたんですか?!

（う）

響きすぎる声に、びりびりっと痺《しび》れたみたいになって、冷や汗が出てきた。いったいどうしたことだろう。

「ちょっと、だまって……」

――え?

「気分が……悪い」

――気分が悪い?

わたしの声に、白ハリくんの声が重なった。

ぴたっと、同じ言葉が重なり、頭の中の音が落ち着いた。かちっと、何かが嵌《はま》った感じがした。

――ねえさん、大丈夫でっか。

「……さん、大丈夫でっか」

声に出してみた。

やはりそうだ。白ハリくんと同じ言葉、同じ調子で話すと、きれいに聞こえるし、音が刺さらない。

——ねえさん？

「ねえさん？」

——どないかしました？

「どないかしました？」

ぎょっとしたように、白ハリくんがかたまった。

——な、なんで、ぼくの言うこと、声に出しますのん。

（う）

わたしは、こめかみをおさえた。

（やっぱりあかん。いっしょに声を合わせて出さんと、やっぱり痛いわ）

「ごめん。なんか白ハリくんの声が急に響きすぎて、頭が痛くなって……。いっしょに声に出したら言うてる内容もわかるし、ここも痛くならへんねん」

わたしは自分の頭のてっぺんを指さした。

「ぼく、大きい声出しすぎましたか？　すんません」

わたしは白ハリくんの声に自分の声を、きっちりと重ねるのに集中した。

「白ハリくんのせいとちがうよ。なんか……受信的なとこの調子が悪いんとちがう？　ようわからんけど」

「……そうですか」

白ハリくんがうなずいた。

「白ハリくん、ゆっくりやったらしゃべってくれてもエエよ。声を合わせさえすれば平気やから」

「そうですか……。あの」

「何？」

「ヘンな感じです。ねえさんの声で、自分の言葉聞くのん」

白ハリくんは、ゆっくり、はっきり、しゃべってくれた。

「そら、ヘンやわな。でも、なんか思い出したわ。これ、なんとなく腹話術の感じに似てるし」

「ねえさん、腹話術やったことあるんですか？」

頭痛がおさまってきたので、わたしは、いつもの調子で話した。

「小学生のときに、おばあちゃんの友達の、スピーディ赤塚《あかつか》さんって腹話術師のおじさんがときどき遊びに来てはって。教えてもろたことあるねん」

「へええ」

「口を動かさないで発音するの、難しいけどな、コツはあるねん。唇を上下くっつけないと発音でけへんときは、人形を動かして、そっちにお客さんの注目を集めるとか、横向くとか」

わたしは、腹話術の基本を守った動きと姿勢で、白ハリくんの方を見ながら言った。

「こんにちは、白ハリくん。今日はごきげんかな？　……ごきげんななめや！　ぜんぜんおもろないわ！　……これこれ白ハリくん、そんな乱暴なことを言ったらアカンよ。お客様に失礼やないの……ってこんな感じ」

「……上手ですな」

白ハリくんが、感心したように、うーんとうなった。

「……そやけど、困りますな。ぼくの言葉も全部、声に出さんと会話がでけへんのやったら……」

「なんか、気候のせいとか、体調のせいとかで、一時的なもんちゃうかな？　もともと、動物の声が聞こえたときかって、安定せえへんかったし。まあ、ええやん。とうぶん腹話術で」

「ほんなら、ぼく、人形でっか?!」

「そういうこと。新しいでしょ。ハリネズミ腹話術」

二人で笑い声をあげたときだった。

がたん！　すぐ後ろで大きな音がした。

「何、ハリネズミと遊んでんの」

そう言う男の声がしたので、また星村くんが様子を見に来たのかと、一瞬思った。

でも、ちがった。

「……花園さん！」

花園さんはスーツの上着をわきに抱えて、ドアに背中をあずけて立っていた。

酔っているのか赤い顔をして、暑さで溶けたチョコレートみたいに、どろりと笑った。

「どーして、きみはそうなんだよ。ぜったいおかしいよ。そんなハリネズミと、夢中になってしゃべってさ」

「花園さん……見てたんですか？」

「ここ、通りかかったらシャッターが半分開いたままになってたから、ひょっとしてきみがいるかもって思ってさ。この間はふられちゃったし。その後も、なんかぼくのこと避けてる気配だけど、もう一度！　誘ってみようかなあって」

「あ、そ、そうだったんですか。あの、その……」

なんて言おうかと迷った。顔を合わせるのが気まずくて、花園さんが店に来ると在庫置き場やバックヤードに逃げ込んでいた。避けていたのは事実だ。

「きみね。言わせてもらおう」

ふいに、花園さんは笑顔を消して、ぐい、とわたしを見すえた。

「人間の男とつきあわないと、おかしくなるよ」

そう言って、ずいっと部屋に入って来た。

わたしの手の上で、白ハリくんがびくっと固まり、ひたいの上の針を立てた。

「……ほ、ほうっておいてください。そんなの」

後じさりしながら、言った。

「あのさ、ぼくの名刺、ハリネズミのケージにちぎって入れてたでしょ？　新聞紙といっしょにさ。そんなにぼく、嫌われてるのかなって、へこんでたんだけど、ちがうよね。きみはぼくだからだめってんじゃなくて、ハリネズミしか愛せない、一種のヘンタイ？　そういう子なんだ」

——ね、ねえさ……。

何か言いかける白ハリくんを、バスケットの中に入れてふたを閉めた。

その手首を引っ張られて、体の向きが変わったと思ったら、くちびるがふさがれていた。

あまったるい酒のにおいと、むわっと熱い汗のにおい、顔をそむけたら、べとべとしたやわらかいものが、ヒルみたいにほおや首筋にくっつく。わたしは、思い切り花園さんをつきとばし、離れた所を蹴飛《けと》ばした。

「いて！」

花園さんは、ドアの角に頭を打ちつけ、顔をしかめた。

「なんだよ！　きみをまともにしてやろうって思ったのに」

よたよたっと立ちあがる花園さんのポケットから、かしゃんと音を立ててスマホが落ちた。

「おまえなんか、そのままじゃ誰も相手してくれないぞ！　ずっとハリネズミとしか、つきあえないぞ」

「出て行って！」

スマホを拾おうと、かがんだ花園さんの背中におりたたみのいすを、投げつけた。

ぐわしゃ、と、何かが壊れる音がした。

「うわ！」

花園さんが、顔をゆがめて後じさりした。

「出て行け！　ここから出て行け！」

手当たりしだい、近くにあるものを投げた。

バックヤードから飛び出した花園さんが、何かに背中をぶつけて、売り場の方でも、何かが倒れて、床に当たる音が響いた。

――ねえさん、あかん！　やめてください！

白ハリくんの叫び声が、びん！　と頭蓋骨に刺さった。

（う、痛っ）

わたしは動けなくなった。

「おまえ、おかしいぞ！　絶対、頭がおかしい！」

悪態をつきながら、花園さんは店を出て行った。

店が静かになった。

わたしは、がくがくと震えながら、シャッターを閉めて鍵をかけた。

それから、バックヤードにもどって、ふたを閉めたバスケットを胸に抱いて、床に座り込んだ。

――ねえさん、だいじょうぶ、でっか。

白ハリくんの声は、さっきの叫び声よりはましだったが、まだぴりぴりと響いた。

「**ねえさん、だいじょうぶ、でっか**」

少し遅れ気味に、そう言った。

「だいじょうぶ、じゃないかも……」

涙が止まらなかった。

8. お兄ちゃんの心配

わたしは、その日、アパートに帰らず、店に朝までいた。

花園さんは、売り場のあちこちにぶつかったらしく、商品がたくさん散らばっていた。それに売り場の動物達が、騒ぎに動揺していた。

こわがって鳴く子、歩き回る子や、縮こまって固まっている子達に声をかけ、安心させてから、売り場やバックヤードをかたづけていたら、明け方になっていたのだ。

それに、ひょっとして、花園さんが近くにいたらと思って、暗いうちにはこわくて店を出られなかったというのもあった。

わたしを心配して、いろいろ言っていた白ハリくんも、とうとう寝てしまった。

(今日は早番だし、早起きして、出勤してきたことにしよう)

わたしはトイレの手洗いで顔を洗い、ウエットティッシュで汗まみれの体をぬぐった。特に花園さんに触れられた所は、除菌ティッシュでごしごしとふいた。

汗でびしょびしょになったり、掃除でよごれたときの替え用に、持って来ているTシャツに着替え、簡単なメイクをした。

(逃げるもんか)

髪束をくるくると巻きこんで、シナモンロールみたいな形に仕上げながら、わたしは鏡の中の自分をにらみつけた。

前のわたしだったら、こんなことがあったら、すぐに逃げた。

きらいな人を避け、きらいな人と仲のよさそうな人からも逃げ、きらいな人と揉《も》めてる人も、ややこしそうだからと背を向け、かかわらないように関係を作らず、それしかやってこなかった。

だから、わたしのまわりは、誰もいないのと同じだった。

でも、花園さんがいやだからと逃げたら、わたしは大事なものを失ってしまう。

まだこのお店で、オーナーや星村くん、大山さんと、働かせてほしい。それに白ハリくんとの生活を守りたい。

（よし！　何ごともなかった感じで、働くぞ！）

そう意気込んだときだった。

時計を見て、あ、と気がついた。店は十一時開店だが、オーナーは早くから来ることがある。今朝は七時から事務室でパソコンの作業してたら、目がくたびれたなあ、などと、オーナーが言っているのを聞いたことがある。

（今六時半……。さすがにこんな早い時間にお店で会ったら、ヘンだと思われるよね）

急いで裏口の戸締りをして、店を出た。

鍵《かぎ》を事務所の郵便受けに放り込み、白ハリくんの入ったバスケットを右手に持ちかえて、駅の方に向かった。駅そばのコンビニで食べ物を買い、同じビルに入っている二十四時間営業のインターネットカフェに行った。

（ああ、ここでシャワー浴びたらよかったな……）

そう思ったが、女性専用個室に入ったとたんに気が緩んで、いすに座ったままうとうとしてしまった。

白ハリくんの声で目が覚めた。

——ねえさん、ねえさん。そろそろ起きた方がエエんちゃいますか。

バスケットのふたを開けて、白ハリくんが顔を出していた。

「あ、おはよう……」

時計を見ると十時だった。

ふわーっとのびをする。

いすに座ったまま寝たので、首筋や腰がつっぱっている。

――朝ごはん、食べへんのですか？

「ああ、うーん、なんか食欲ないし、このパンはお昼ご飯にまわす……って、ん？」

わたしは白ハリくんと目を見合わせた。

「あっ、白ハリくんの声、ふつうに聞こえるみたい」

――え、ほんまに？

「うん。ぜんぜんびんびん響かへんわ。音がソフトな感じ」

――そら、よかった。なんかわからんけど、一時的なことやったんですな。

白ハリくんが、ほっとしたように言った。

――ほんでねえさん、お店出て、大丈夫でっか？

「大丈夫。三時間ぐらいは寝たし」

――いや、そっちやなくて。この先、花園さんと顔合わせて、平気ですか？　ねえさん、正直者やから、あの人来たら緊張して具合悪なるんとちゃいますか？

「平気！」

ぴしゃっと蚊でもたたくような言い方になってしまった。

「気まずいのはあっちやん。わたしは単に白ハリくんと遊んでるの、見られただけやもん」

――まあ、そら……。二回もふられた上に、いすを投げられたんはあっちですからな。あれ、痛そうでしたわ。

「いす投げたん、見てたん?」

――バスケットの網目のすき間から。なんやどたばたすごい音がするから、見たら、いすのパイプのとこが花園さんのあごに当たったとこでした。あの人、感じ悪いですけど、あれはちょっと気の毒かなと思いました。

「気の毒なんかとちがうわ。気色悪い!」

思い出しただけでくちびるがむずがゆくなりそうだ。

そして、キスされた所は、白ハリくんには見られてなかったようなのに、ほっとした。


お店に行ったら、オーナーと大山さんが、さかんに話していた。

(そうか、今日は大山さんの日だった)

「おはようございます」

「おはよう。暑いわね。もう、ここに来る前に化粧がみんな溶けちゃって!」

大山さんが、白くてつるんと丸っこい、ゆでたまごのようなほおをおさえながら言った。

「オーナーはメイクしなくていいし、頭のてっぺんまでタオルでごしごしやったらすっきりするから、いいですねえって言ってたの」

「だから大山さんもいさぎよくメイクをやめてさ。タオルでごしごし派になればいいよって、すすめてたんだよ」

「ひどい、オーナー。そこまで女を放棄出来ませんよ!」

「いや、ぼくは、メイクなんかしなくても大山さんはきれいだってことをね」

二人の笑い声を聞きながら、バックヤードに入った。

開店と同時に、小学生の男の子二人が駆けこんできた。その後を、お父さんとお母さんが追いかけてきて、家族そろって豆柴《まめしば》のケースに張りついた。

続いて、やはり小学生の女の子がおじいちゃんの手を引っ張って、店に入って来た。こっちはハムスターが目的らしい。

「ああ、店がにぎやか！　夏休みって感じよねえ」

「本当ですね」

睡眠不足でだるかったのが、吹き飛んでしまうような忙しさだった。オーナーも、今日はずっと店にいて接客をしている。

結局昼休みを取れたのは、三時近かった。

「白ハリくん、おなかすいた？」

リュックから取り出したドライフードを、バスケットの中に入れた。

——ねえさん、なんかさっき、ケータイが鳴ってましたで。

眠そうに顔をもたげて、白ハリくんが教えてくれた。

「え、そう？」

リュックのポケットからスマホを取り出し、見てみると、お兄ちゃんからメールが来ていた。

〈おい、ハリネズミの写真、はよ送れ〉

メッセージはそれだけだった。

（あ、そうか。昨日、あんなことがあったから……。お兄ちゃんに、撮った白ハリくんとの動画

送るの忘れてた）

「お兄ちゃん、そんなに白ハリくん見たかったのかなあ」

首をかしげてしまった。四日前、白ハリくんを買ったその日に、お礼のメッセージと共に、近いうちに白ハリくんの動画を送るとメールを送ったが返事もなかった。

お兄ちゃんのツイートや進撃スタンダードのブログを見たら、東京と大阪の往復に加え、地方営業のスケジュールがものすごく忙しそうだったので、それ以上、連絡も控えていたのだ。

（催促してくるほど、楽しみにしていたとは思えないんやけどなあ）

とりあえず、昨日撮った動画を送った。

「お兄ちゃん！　この子が白ハリくんです。わたしの友達です！」

そう言って、片手に乗せている白ハリくんといっしょに笑う。それだけの短いものだが、まあまずは白ハリくんの紹介ってことで、いいだろう。また、かわいい画像とか撮れたら送ればいいし……。

しかし返信は来ない。

（……見たら満足なのかなあ。ま、別にいいけど）

わたしは、デニッシュパンとブラッドオレンジジュースを味わって食べ、飲んだ。

おなかがふくれたせいか、お店がいい感じににぎわっているせいか、気持ちがすごくおだやかになった。

花園さんのことなど、たいしたことじゃないし、自分さえちゃんとしていれば、何事もなくこの生活をやっていけるはずだと思った。

これからは、とにかく店で一人にならないようにしよう。金曜日の戸締りはもう、引き受けない。オーナーか星村くんといっしょに出られるように、早めに精算をしよう。

そう心に決めて、一人、うなずいていたら、スマホが鳴った。

「ん？　電話？」

メールの着信音じゃない。電話が鳴っている。珍しい。

お母さんからじゃないことを祈って、そーっと画面を見たら、お兄ちゃんからの電話だった。

「も、もしもし？」

「おい、コノカ。さっき、送ってきた動画見たけどな、これ、いつ撮った？」

いきなりの質問に、とまどった。

「え、ええ？　昨日、仕事が終わってからお店で撮ったんやけど……。なんで？」

「おまえ、そのとき、この動画以外にも、ほかに撮ったやろ」

「ええ？　ううん。送ったやつしか撮ってないよ」

「嘘言うな。あれ、誰かに撮ってもろたやつ、見たぞ」

お兄ちゃんの声が、びん！　と強めに張った。

「あれ？　なんのこと？」

「おまえとハリネズミがしゃべってるやつや。腹話術がどうとか言うてるのん。送ってきた動画と同じ服装で髪型で、光のかげんも背景も同じやし。ゆうべ、撮ったんはまちがいないやろ！」

「え」

わたしは、凍りついた。

「そ、そんなん。撮った覚えないけど……」

「ほんなら、知らん間に誰かに勝手に撮られたってことか?」

誰かに勝手に、白ハリくんとの会話を撮られた?

それって……。

ゆうべ、つきとばした花園さんのポケットから、スマホが落ちたことを思い出した。

(まさか、花園さんが撮ってた?!)

「……心当たりがあるんやな」

お兄ちゃんの質問に、返事が出来なかった。

「そ、その動画って、お兄ちゃん、どこで見たん?」

「ツイッターや。楽屋でふろむのやつが、見つけて。あいつ動物動画好きで、検索してたらおまえの動画が出てきたそうや。『これ、おまえの妹ちゃうんか?』って言われて、まさかと思ったけど、やっぱりおまえやったな。『ハリネズミ』で検索してみろ。すぐに見つかるわ。またあとで電話する」

そう言って電話が切れた。

(ツイッターって……どういうこと?)

わたしはすぐに、ツイッターアプリを開き、検索をした。

お兄ちゃんの言うとおりだった。

「何コレwwwwww」

「ハリネズミと腹話術斬新《ざんしん》」

いろんなコメントがついていたが、どれも同じツイートがくっついていた。

ネタ元のツイートには、動画にこんなコメントが添えられていた。

「ハリネズミとコミュ障女。キモッ」

犬の肉球アイコンに、アカウントは「hanahanaotoko」。

ペットフードの会社の営業ですとプロフィールにある。花園さんのものにまちがいないだろう。

――どないかしましたか？

バスケットのへりに前足を置いて、白ハリくんが顔を出した。

「……白ハリくん、これ……」

スマホを見せた。

「ゆうべのわたし達が、撮られてた……上に、なんか拡散してる……」

震える指先で、動画を再生させた。

『ねえさん、腹話術やったことあるんですか？』

わたしの声がスピーカーから飛び出して、びくっとなった。

『小学生のときに、おばあちゃんの……さんって腹話術師のおじさんがときどき遊びに来てはって。教えてもろたことあるねん』

『へええ』

白ハリくんの言葉をわたしが話している。意識していなかったけれど、白ハリくんの言葉のときは、声が高くなっている。それに白ハリくんの方を向いているので、本物の腹話術っぽく見える。

『……で発音するの、難しいけどな、コツはあるねん。……発音でけへんときは、人形を動かして、……にお客さんの注目を集めるとか、横向くとか』

　どんどん早口になって、聞き取りにくくなる。

『こんにちは、白ハリくん。今日はごきげんかな？　……ごきげんななめや！　ぜんぜんおもろないわ！　……これこれ白ハリくん、そんな乱暴なことを言ったらアカンよ。お客様に失礼やないの……ってこんな感じ』

『……上手ですな』

　額にあぶら汗がじっとりにじんできた。

　まだ録画が続いている。この後の会話って、どんなことを話したっけ？　確か、聞こえる白ハリくんの声に合わせて声を出さないと、会話出来ないとか、動物の声が、もともと聞こえていたとか、そんな話をしていたんじゃ……。

　そこから、音声がさらに聞き取りにくくなった。

『……会話がでけへんのやったら……』

『……気候のせいとか、体調のせいとかで、一時的なもんちゃうかな？　もともと……せえへんかったし。まあ、ええ……』

『ほんなら、ぼく、人形でっか?!』

『そういうこと。新しいでしょ。ハリネズミ腹話術』

　最後のやりとりだけが、オチのように妙にはっきり声が響いた所で、動画が終わった。時計ではかったように、きっちり一分の動画だった。

「……ひどいわ。花園さん、こんな動画を勝手に撮って、ツイートするんなんて！　コメントも最悪！」

――ねえさんに振られた腹いせでっしゃろな。いやな男や。

「ほんまよ。ああ、ムカつく！」

――いすを投げつけただけでは足りん。眉間《みけん》を針で突いたりたいですわ！

二人でひとしきり、花園さんへの怒りの言葉を吐きあっていたが、はーっと肩を落とした。

「でも、ほんまに会話してるのが、バレなくてよかった。まあ、白ハリくんの声が聞こえるんですって言っても誰も信じへんやろけど……」

わたしは止まった動画の画面を見ながらつぶやいた。

投稿されたのは昨日の夜中。それなのにリツイートが五十人以上にされている。いいねのハートマークにも二十七人。

「こんなおかしな動画、拡散したり、気にいって置いとく人がぎょうさんおるなんて。ようわからんなあ」

――いや、なかなかおもしろい動画でっせ。

「そうかなあ？　みんなもキモッて思って、笑ってるんちゃう？」

――いやいや、ハリネズミかわいい！　ってコメントもぎょうさんありますし。照れるなあ。

「よう言うわ」

わたしは白ハリくんの鼻先をちょんとつついた。

そして、お兄ちゃんにメールを送った。

〈ツイッター見たよ。お店に出入りする人が、ふざけて撮ってたみたい。わたしも白ハリくんではしゃぎすぎた。めっちゃ恥ずかしぃー〉

今度はすぐに返信があった。

〈ヘンなコメントついてたし、店で、いやなやつに、やらされて撮ったんかと思って心配したぞ。なんでもないことやったら、それでええ。もうすぐ新大阪駅や。またな〉

わたしは、それを読んで、ぐっときた。

(わたしがまた小学生のときみたいに、いじめにあっているんじゃないかと思って、心配してくれたんや……)

男子にチェリーぼむぼむギャグをやらされて、泣いたことがあったのを、思い出した。わたしは、このお店に来てから、忙しかったし、白ハリくんとも出会えたし、そんなことを忘れていた。

ひょっとしたら、泣いたわたしよりも、泣いているわたしを何度も見ていたお兄ちゃんの方が、そのことが心に強く残っているのかもしれない。

〈心配してくれて、ありがとう〉

ハリネズミのスタンプを押して、返信した。

「嶋本さん、せかしてごめん！　ちょっとレジ手伝ってくれない？　列ができてる！」

大山さんが、バックヤードのドアを開けて、声をかけてきた。

「わ、了解です！」

白ハリくんは、ささっと毛布の中にもぐりこんだ。

　わたしは、バスケットのふたをして、スマホをリュックの中にしまい、早足で売り場にもどった。

9. ハリ乙女

「お疲れさーん！」

　オーナーがクローズの札を出してドアを閉めるなり、叫んだ。

「今日は、本当に忙しかったですね」

　星村くんが言った。

　大山さんと交代で四時から店に入ったのだが、本当に星村くんが来てくれてよかったと思った。けっして大山さんの手際が悪いわけではないのだが、星村くんの動きには無駄がなく、段取りも作業の速さもスゴイ。

　しかし、さすがの星村くんも、今日は疲れていた。もじゃもじゃの前髪が乱れ、汗に濡《ぬ》れ、もずくをひたいに載せたようになっている。

「嶋本さん、大丈夫？」

　オーナーが尋ねてきた。

「……大丈夫……なような気がします」

そう答えたが、気のせいかもしれなかった。

夏休みは家族連れや子どものお客がぐんと増える。売り上げが伸びるのはよいが、いろいろ尋ねられたり、説明を求められることが多くなる。

そんな中に、夏休みの自由研究で動物のことについてしらべているので、教えてくださいという子どもが現れた。

現れた子どもは、くしゃくしゃしたクセ毛に、黒いフレームの厚めのメガネ、チェックのシャツにリュック。保護者はついてきていなかった。

(なんか星村くんの小型みたいな子なんだけど……)

適当に相手してあげて、と、オーナーが言うので、売り場のすみの方で、その子どもと向かい合った。

「おねえさんは、どんな動物が好きですか」

「ハリネズミですよ」

と答えると、男の子は、めがねの奥でにこっと目を細めて笑った。

「よかった！　ぼく、ハリネズミが大好きで、いろいろ聞きたかったんです！」

(かわいい！)

わたしも笑い返して言った。

「おねえさん、ハリネズミを飼い始めた所なの。なんでも聞いてね」

「そうですか。じゃハリネズミ属は特定外来生物ですよね。飼育規制として個体識別の義務がある生きものですが、マイクロチップによる個体識別について、お聞きしたいんですが」

と、ペンとメモ帳を手に言われた。

すぐにオーナーを呼んだ。

「ええと、きみが知りたいのは、お店で扱ってるハリネズミに、個体識別用のマイクロチップが埋め込まれているのかどうかってことかな？」

男の子は、うなずいた。

「それにそのマイクロチップを、スマホとかで操作して、動物を好きに動かせる可能性があるのか教えてください」

「星村くん！　頼む。レジはぼくがやるから」

オーナーは走ってカウンターの中に逃げ込んだ。

星村くんはうなずくと、かがんで男の子と目の高さを合わせ、答えた。

「日本で一般的にペットとして飼われているハリネズミはヨツユビハリネズミといって、特定外来生物に指定されていない。したがって、お店でペット用に売られているハリネズミには、個体識別の義務はなく、マイクロチップは埋め込んでいない。それから個体識別用チップには、スマホで操作して、その生き物の感情を動かすとか、指示する行動をさせるという機能はついてない。映画では、似たような発想のものを見たことがあるけど、あれはフィクションだから」

「そうなんだ」

「まあ、世界のどこかでそういう研究をしている人はいるかもしれないけどね。実用化は聞いたことないな」

男の子はうなずいて、メモしていた。

その子の相手を、星村くんは三十分ぐらいしていた。

その間に、フェレットが見たいというカップルが現れ、爬虫類《はちゅうるい》は扱ってないのかという問い合わせがあり、暑いときに吸熱してくれる犬用調温ウェアを買いに来たお客さんとが重なった。

夜になっても、今日はずっとそんな調子で、一息つく間もなかった。

「あの小学生の相手もお疲れさまだったね。質問、永遠に終わらないいんじゃないかって心配したよ。いったい何を話しこんでたの？」

「彼はいずれ獣医になって、いろんな手術を動物に施したいそうです」

「ええ？　まさか、悪魔の改造手術とか？　それでチップを埋め込んで好きに動かすなんてことを?!」

わたしは、戦隊ものによく出てくる、悪の組織所属の、クレイジー系博士を思い浮かべて引いてしまった。ハリネズミにおかしなものを埋め込んで、ハリネズミ爆弾とかに改造されては困る。

「いや、事故などで体が不自由になったり、障害のある動物を、助けてやるのが夢だそうです」

冷静に、星村くんが答えた。

「あ、ああ。そういう手術……」

わたしは、ほっとして、何度もうなずいた。

「よかった。いい子だったんだ。あの子が犯罪者の卵だったらどうしようと思って、白ハリくんを隠した方がいいかもなんて考えちゃった……」

ははは……と笑ったが、誰もいっしょに笑わなかった。

「嶋本さん、やっぱり、疲れてるよ。今日は早く寝るんだよ。後はやっておくから、二人とも、もう、帰っていいよ」

オーナーに優しく言われた。

「は、はい。ありがとうございます」


帰り道は、珍しく星村くんといっしょになった。

たいていは、微妙な時間差があって、同時に店を出ることはない。

同じ駅に向かうのに、反対方向に行くことも出来ず、なんとなく二人並んで歩きだした。

星村くんの歩調がやや速いので、つられて早足になる。

それに気がついたらしく、星村くんが急に歩くのを遅くして、ちょっとつんのめりそうになった。

バスケットの中の白ハリくんは、寝ているのか、バスケットが大きくななめにかしいでも、声も上げなかった。

ずっとだまって歩いているのも気づまりになって、

「あの」

と言ったら、星村くんの「あの」と重なった。

「あ、あの、すいません。どうぞ」

と言ったら、星村くんが手を振って、

「きみが先に」

と言った。

「……いえ、あの、その、獣医さんの学校って、勉強、大変なのかなって思って……」

お客さんやオーナー、大山さんにならば、かなり気楽に話せるようになったが、お店以外の場所で誰かと二人きりで話すというのは、まだまだ緊張する。

「……いや、まだ、一年生で基礎教養的な授業が多いから、そうでもないけど……。三年生になったら、実習なんかがあって、忙しくなるから、コニィのバイトは出来なくなるかも……」

「え、バイト出来なくなったら、生活費が大変になるんじゃないですか？」

「いや、ぼく実家住みだから、その辺は恵まれてるかな……。でも私立で学費が高くて親に負担をかけてるから、家に食費を入れられるぐらいのバイトはしたいな。ちょっとでも貯金もしておきたいしさ……」

「……そうなんですか」

「うん……」

今まで、同年代の人と、そういう「ちゃんとした」話をしたことがなかったので、わたしはすごく感心していた。目標もはっきりしないまま、ふんわりと好き嫌い基準だけで上京してきたわたしとは、大違いだ。

(でも、「しっかりしてるんですね」とか言うのはちがうか……。わたしがダメダメなんだよね)

「なんか、将来すっごく大きな動物病院を作ったりして。そしたら、白ハリくんを連れてみてもらいたいです」

「獣医はそんなに儲《もう》からない仕事だからね。とてもじゃないけど大病院の開業は無理かな。卒業したら両親のやってる医院の手伝いをまずはさせてもらって、将来的にそこをぼくが維持出来るかどうか……ってとこだよね」

「あ、お家《うち》が獣医さんなんですか」

「うん……」

(「それはいいですね」って言うのもヘンかな。「すごいですね」もちがう感じだし……)

どう返事していいのか、考えて、結局無言になった。

メトロの駅前に近づいて、街のざわめきが徐々に大きくなってくる。

「……あのさ、きのうの夜、何か店であった?」

星村くんが、急にそんなことを言った。

「え?」

ふいをつかれて、わたしはとび上がりそうになった。

「ど、どうしてですか?」

「うん……。バックヤードや売り場で微妙にいろんなものの配置が変わってたり……、それにおりたたみのいすが、ゆがんで開きにくくなってたし……。それに、足……」

星村くんがわたしの足を指さした。

「あざが出来てる。いすごと転んだとか?」

「え、そ、そうなんです。あせって倒れて……。あちこちのものも落としちゃって……」

「嶋本さん、具合が悪いんじゃないの? 今日はずっと疲れた顔してたし」

(やっぱり星村くんの目はごまかせない……)

「あのさ、もし、お店ですごくいやなこととかあったり、何か無理してるようなことがあるなら、早めに言ってほしいんだ」

わたしは、うっと胸の中に空気をためこんだ。

「オーナーはきみのこと、すごく買ってる。きみが来てからお店が華やかな感じになった、やっぱり女の子がいてくれるっていいよねって、喜んでる」

「華やか？」

わたしはびっくりして、目を見開いた。

（わたしのどこが華やか？）

酔っていたとはいえ、花園さんにされたこと、それに花園さんに投げつけられた言葉は、割れたガラスのように、体のあちこちに刺さっている。

「ハリネズミとコミュ障女。キモッ」

ツイートのコメントも、頭にべったり貼りついて、取れない。

「きみがにこにこしてたら、売り場全体が明るい空気になるよ。子どもにもお年寄りにも優しいって、お客さんにも評判がいい。それだけに、きみが暗かったら、すごく目立つ。オーナーも大山さんも心配してた」

自分では、精いっぱい明るくふるまっていたつもりだが、みんなには、そうは見えなかったのか……。ひょっとしたら、お客さんにもおかしく見えていたかもと思うと、自分が情けなかった。

「何かキツイことがあったら、オーナーに相談したら、きっと、いいように考えて対処してくれる。オーナーやぼくに……は、言いにくい……ことだったら、大山さんに話してもいいんじゃないかな。彼女は頼りになる」

わたしはうなずいた。足が止まった。

「ありがとうございます。そう言っていただいて、なんか……、救われました」

頭を下げたまま、続けた。

「昨日の夜、すごくいやなことがあって……。何も考えないで、切り替えて働こうって、思ってたんですけど、やっぱり自分みたいなの……その、常識もないし、星村さんみたいに将来のことを考えて生きてるわけじゃないし、白ハリくんが好きすぎるし。そういうの、人から見たら気持ち悪いのかも……。わたしが接客してて、本当にいいのかって不安になってしまって」

ぴく、と、星村くんのコンバースの先が揺れた。

「オーナーや大山さんや星村さんに迷惑かけたくないし、白ハリくんとの生活を守りたいって思って、負けへんって決心したんですけど……。ごめんなさい。そこまで心配かけてしもて……」

大阪弁が、ぐにゃぐにゃと混ざった上に、声が震えてきた。

「……ひょっとして、気にしてるのは『ハリ乙女』のツイッターのことかな」

泣き顔を見られたくなかったが、顔を上げてしまった。

「『ハリ乙女』？」

「あ、あれ、知らなかった？　え、ええと、じゃあ、よけいなこと言っちゃったかな、その……」

あせる星村くんに、尋ねた。

「わたしと白ハリくんの動画がツイートされたことなら、知ってます。でも『ハリ乙女』って？」

「いま、そういうタグがついて、すごい速さで拡散してる。動物画像やハリネズミが好きな人があちこちでリツイートしてて、タイムラインに何回もあがってきたんで、たまたま目に入ったんだけど……。その、びっくりした」

「そんなに……広がってるんですか」

「あの動画自体は、印象は悪くない。見た人の多くは、おもしろいとか、かわいいとか言ってるし、きみがハリネズミと本当に楽しそうに話してるみたいだから『ハリネズミと乙女のメルヘンな世界』って誰かが言いだして、それが『ハリ乙女』ってタイトルになってるようだ」

「……でも」

「最初にあの動画をあげたやつのことは気にするな」

星村くんが、きっぱり言った。

「そいつが来たら、顔を合わさなくていいように、みんなでカバーする。だから、気にするな」

ツイッターをあげた人が花園さんだと、気がついているけど、名前は出さないように言ってくれているようだった。ありがたかった。花園さんのことは、口に出すのも聞くのもいやだった。

「そ、その動画のこと。オーナーも大山さんも知ってるんですか？」

「いや、ぼくしか知らない。二人ともツイッターをやらない人だから。でも、きみが……そいつを苦手だって思ってることはみんな感じてることだから」

「……すいません」

また涙が噴き出した。顔がくちゃくちゃになった。ハンカチを探すが、こんなときに限って見つからないので、シャツのそででぬぐった。

「本当にすいません」

わたしと星村くんの横を、たくさんの人が通り過ぎた。

じろじろと見られているのは、わかっていた。

あいつ、女の子を泣かせてるぞ……とか、別れ話はもっと静かな所でやれよとか、通りすがりの人の話す声も聞こえた。

「ご、ごめんなさい。星村さんまで、ヘンに思われる……」

「きみは、人にヘンに思われるのが、いやなの？」

「……はい」

「なら、電車の中で一人で泣いてたら、もっとヘンだと思われる。人にヘンだと思われたくないなら、カップルのケンカだと思われる方が、まだ、いいと思う」

すごくまじめに、会議中の提案のような顔つきで、星村くんがそう言うので、わたしは涙をぬぐいながらも、うっくと笑ってしまった。

「そう、ですね」

わたしはうなずいた。

涙は、それからすぐに、なんとか止まった。

アパートに帰って、白ハリくんをケージの中に入れた。

——ねえさん。ねえさん。

「何？　おなかすいた？　リンゴでも食べる？」

――いただきます！

わたしはリンゴを小さく切って、ケージの中の小さな器に盛ってやった。

それを、おいしそうにしゃくしゃくしゃくと食べながら、白ハリくんは言った。

――星村さん、エエ人ですな。

「そうやね」

――ねえさんのこと、よう見てはる。

「……そうかな」

――そうですよ。それに比べて花園なんか、最低ですよ！

怒りをこめて、白ハリくんがリンゴをしゃしゃしゃしゃっ！　っと高速でかじる。

「白ハリくん、最初、花園さんの合コンに行ったらどないですかってすすめてたやん。カレシ作るチャンスかもって」

――あんなやつとは知らんかったんで……。

「……ほんまやな……。わたしも、わからんかったわ……」

わたし達は、顔を見合わせて、一瞬だまった。

「ね、……見ようか、ツイッター」

――見ます？

「うん、気になるし」

検索したらすぐに「#ハリ乙女」が出てきた。

「う、わ……」

スクロールしているうちにも、動画にコメントしたツイートがどんどん新しく流れてくる。

もとのツイートだけでも千以上リツイートされているが、星村くんが言った通り、悪意のあるコメントのものはあまり見当たらなかった。

「ハリネズミ、かわいー」

「ハリネズミとお話し中。なんかメルヘンー」

「これ本当に腹話術？　技ありすぎ」

「この女の子、何者？」

「腹話術師で検索したけど、この子いなかった」

「ハリ乙女、スゲー。異世界にいざなわれるんですけど」

などなど。

拡散と共に、本来のコメントは無視されていく感じだった。

「……なんか、良かった」

わたしは、ほっとした。

「これやったら、『おもしろ動画』ってことで、すむよね」

──ねえさんの、腹話術の素養が、活《い》かされてますな。芸としても、けっこう見応《みごた》えがあります。

白ハリくんも言った。

「演芸評論、ありがとう。あー、明日《あした》もきっと忙しいやろな。もう寝ようか」

ほっとしたら、あくびが出た。

――はい、そうしましょう。

「白ハリくんたいくつやったら、週刊誌でも読む？　好きなページ広げて置いとくよ」

――いや、さすがに今日は疲れました。

「……そやろね。お風呂《ふろ》はあした朝に行こうかな」

わたしと白ハリくんは、眠った。

長い長い一日だったなと、思いながら。

10. ちゃんとかわいい動画を

月曜日。お店の定休日。

その日は朝寝した後、コインランドリーにいた。

洗濯機が回っている間、白ハリくんの入っているバスケットをひざに置いて、例によって、スマホでディスカウントのロリータ服を見て、のんびりすごしていた。ここのコインランドリーの休憩コーナーは明るくて、涼しくて、気持ちがいいので、アパートの部屋よりもずっとすごしやすい。

つい、気になって、ツイッターのアイコンをタッチする。

例の動画が気になるのだ。

すぐに飽きられて、そのままになるだろうと思っていたのに「ハリ乙女」の動画は拡散が続き、ゆうべ見たときは、リツイートも「いいね」も五千を越えていた。

ついてくるコメントも、ハリネズミのかわいさをほめるものや、二人の仲の良さがほほえましいというものが多く、腹話術に感心してくれる声もたくさんあった。

花園さんのコメントに「コミュ障とか、いやなこというなよ！」と、批判的なことを書いている人もいた。

（なんだろ……。あんな動画を気にいってくれる人が大勢いるなんて……）

恥ずかしいような、くすぐったいような気分だった。

（……ちょっと、もう一回見直してみようかな。あの動画）

動画を再生させようとしたら、おきにいりに入れていたツイートごと見つからない。

（……あれ？　なんで消えてるの？）

花園さんのホームにいこうとしたら、花園さんのアカウントごと消えていた。

（えっ！）

「ハリ乙女」で検索してみる。

「ハリネズミの動画、消えちゃってるんだけど！」

「ハリ乙女、削除されてるっぽい」

いくつか、おどろきのつぶやきが見つかった。

（やっぱり、花園さん、あのツイート消したんや。そうか……次々リツイートされたり、コメントがつくから面倒になったんかな）

ちょっとしたいやがらせのつもりだったのに、拡散が大きすぎて、こわくなったのかもしれない。

(勝手に盗み撮りした動画をアップしたんやもんな。会社にばれたら、まずいと思ったんか……わたしと白ハリくんの会話が、けっこう評判よかったから、おもしろくなくなったんか……)

動画が消えてほっとした。と、同時に「なんや……」とがっかりしている自分がいた。

検索画面をそのまま見ていると、動画がなくなったことを残念がる人のコメントがけっこう見つかった。

「もっと、二人の会話を見たかったのに」

「誰、消したやつ」

「ハリネズミと乙女、見つからなくてさみしい……」

こんな風に、言ってもらえるなんて、意外過ぎて不思議な気分だ。

(どうせ見てもらうんやったら、もっといい感じに撮ったものを見てほしかったな)

ふと、そう思った。

あんなおかしな会話じゃなくて、言葉もはっきり聞こえて、白ハリくんがめっちゃかわいいって、一目見たらわかるようなのなら、拡散されてももっとうれしかっただろう。

(撮ってみようか。もっと、いいの)

そう思いついたときは、ほんとに軽い気持ちだった。

女の人が、洗い上がった子ども用運動靴をいくつも靴用洗濯機から引きあげ、店を出て行くと、わたしと白ハリくんだけになった。

わたしはバスケットのふたを開けて、白ハリくんに話しかけた。

白ハリくんは、ほえっと目を開けて、まぶしそうにわたしを見上げた。

「眠い？」

――はい……。眠いれす……。

白ハリくんの声はいつもの通り、普通の大きさで聞こえていたが、それをあえて口に出してみた。

「はい……。眠いれす……」

いい感じに、声がぴたっと重なった。

白ハリくんの声と自分の声が、自然に一体化する感触だ。

――……なんですか？　また、ぼくの声がびんびんに響いて聞こえますのんか？

「ううん。ふつう。そやけど、なんか、もうちょっとましな動画撮ってみたくなって。いい？」

――へえ？　動画って、お兄さんに見せはるのんでっか？

「いや、ツイッターでみんなに見せようかなって。今、拡散されてるのって、なんかかわいくうつってないし、ギリギリ腹話術ぽいけど、そのへんも微妙やから、キモい部分あるし……。今度、はっきり『腹話術』動画をあげてみよかなって」

――なんか、ようわかりませんけど……。ぼくどないしたらよろしいんですか？

「話しかけるから、ふつうに答えてくれたら、声のせるし。ゆっくり、短めに答えてくれたら、やりやすいけど」

――……ふわあい。

わたしは白ハリくんを手のひらに乗せ、反対側の手でスマホの録画アイコンをタッチした。

「眠い？　白ハリくん」

――はい、眠いです……。夜行性動物ですし……。

「はい、眠いです……。夜行性動物ですし……」

白ハリくんの言い方、声に合わせて発音すると、やや高めの小学生男子のような感じの声になる。唇を完全に止めて発音するのは、さすがに難しいので、自分のしゃべる顔はそこそこにして、白ハリくんのアップ画像を多めにする。

「ごめんね、起こして。あとで、おやつあげるからね。何がいい？」

「……ええと、りんごがエエです」

「白ハリくん、りんご好きやね！」

「りんごは、まちがいないですから」

「わたしもおなかすいてきた。あ、これもしかして、りんごかな？」

「え、ありまっか？」

「ちがった。洗濯機に入れ忘れたくつしたやった」

ナイロンバッグの底に、洗濯機に入れ損ねた、赤いソックスが丸まっていたのを取り出して白ハリくんに見せた。

「……それは手洗いしなはれ」

そう言って、がくっと寝オチした白ハリくんのアップで録画を終えた。

そして、その動画を添えて、自分でツイートした。

照れくさかったけど、自分で「ハリ乙女・コインランドリー」というタイトルをつけた。

洗濯機が止まった。乾燥機に洗い上がった洗濯物を入れ、スタートさせた。

自動販売機でスイカジュースを買って飲み、スマホを見たら、ツイッターのアイコンに、赤い丸がついていた。

初めて見るものだ。

25と数字がついている。

(なんだろ。これ)

ツイッターの自分のホーム画面を見たら、異変が起きていた。

フォロワーの数が、十人を超えている。

今まで、まともなフォロワーはお兄ちゃんしかいなかったから、この数字は驚きだ。

通知を見ると、それ以上の数のリツイートといいねがついていた。

「ハリ乙女、見つけた!」

「手洗いしてくださいwww」

「白ハリくん、めっちゃかわいい!!!」

さっそくそんなコメントもついている。

見ている間にも、リツイートやいいねの通知が増えて行く。

「うわあ」

わたしは、スマホを手に立ちあがって叫んだ。

「すごい。ハリ乙女、すごい!」

そのとき、これ、楽しい！　と思ったのは確かだった。

それなりに、わくわくしたような気もする。

でも、それ以上、何かしようなんて、ぜんぜん思ってなかった。

「ハリ乙女の腹話術」を気にいった人達に、「キモッ」ってコメントがつかないような、ちゃんとしたのを見てほしかった。

白ハリくんは、こんなにかわいくてかわいくて、お話も弾んじゃう！　って感じなんですと、思ってもらえたらそれでよかった。

その夜は、増えて行くリツイート数を見ては、一人ウケていたが、火曜日からはお店がまた忙しくて、もうツイッターを見るのも忘れていた。もともと、ツイート熱心な方ではない。

「今日はトイプーくんがいい人に買われていったのが、感動」とか、「オーナーのくれた扇風機、すみずみまでレトロです」とか、「びわサイダー微妙」なんていうのを、写真と共に週に一回つぶやく程度だった。

花園さんは、わたしのいる時間に店に来なくなったので、ほっとしたのもあり、わたしは、その週、とても明るく元気に働いた。

星村くんの言ってくれた言葉が、働くはげみになっていた。

――オーナーはきみのこと、すごく買ってる。きみが来てからお店が華やかな感じになった、やっぱり女の子がいてくれるっていいよねって……きみがにこにこしてたら、売り場全体が明るい空気になるよ。

（わたしが暗いと、オーナーにも大山さんにも星村くんにも、心配かけるし、お客さんだって、

気にされるかもしれない。がんばろう。うん）

お兄ちゃんから電話があったのは金曜の夜だった。

「おい。お前の動画、すごい評判になってるぞ」

いきなりそう言われて、おどろいた。

「動画？　あの、ええと」

「おまえが自分で撮ったやつの方や。コインランドリーの」

「あ、お兄ちゃん、見てくれてたん？　すごい評判、なんておおげさな……」

「二万リツイートって、すごいぞ！　見てないんか！」

「に、二万?!」

わたしは息をのんだ。

ツイッターのアイコンに、ごちゃっと大きい数字がくっついているのはわかっていたが、まさか万単位にまでなっているとは思っていなかった。

「おれらが『MANZAIぐらんぷり』で優勝したときの動画かって、そんなに再生されてないぞ！」

「う、うん……」

それは知っている。

「所で、『フラッシュウイークリー』って知ってるか？　フラッシュ曽根崎《そねざき》さんがMCの」

「うん」

「あの番組は一週間であったニュースを話題に、ゲストがいろんなこと言うんやけど、その中に話題の投稿動画を取り上げるコーナーがあるんや。知ってるか？」

「ま、まあ」

「実はお前の動画のことを、ふろむが番組スタッフに言うたんや。そしたらディレクターが気にいってな。投稿動画コーナーにハリネズミと腹話術の動画を取り上げたいそうや」

「え、そうなん？」

「お前の動画をテレビで流すのん、かまへんか？」

「……そ、それはまあ……かまへんけど……」

「ついでに、おれといっしょにテレビに出るのはどうや？」

「はあ？」

わたしが大声をあげたので、白ハリくんがびっくりして、ひざの上から落ちそうになった。

「ハリネズミ相手に腹話術してる話題の女の子で、しかも芸人の妹やっていうのが、いろんな意味でおもしろいから、スタジオでその芸、ほんのちょっとだけやってくれへんかなっていうことなんやけど」

「いやいや、そんなんようせえへんわ」

「……そうやわな。おまえは芸人になりたいわけやないもんな」

「うん」

「そしたら、なんでコインランドリーの動画、あげてん」

お兄ちゃんの声が、一転して厳しくなった。

「前のはおまえが知らん間に撮られたんやから、ともかく。今度、えらい人気になってる動画はおまえ自身が『ハリ乙女』ってタイトルつけて、あげたんやないか。腹話術もうまいやないか。そんなこと出来るとは、家族の誰も知らんかったからびっくりしたわ」

「……あ、あれは、その……」

「おまえをもっと見たいっていうコメントも山ほどあがっとるわ！　おまえ、こういう風に人気者になって、うれしくないんか？　おおぜいに見てほしいから、動画もあげてんやろ」

「そ、それは……。まあ、そうやけども……。でもテレビでやれるほどの芸じゃないし……」

白ハリくんの話す声をそのまま重ねて出してるだけのことで、ほんものの腹話術ではない。腹話術風にして見せているだけだとは、言えない。

「……コインランドリーのネタ、よかったぞ」

お兄ちゃんが、言った。

「あの会話、おまえが考えたんやろ？」

「ちょっと思いついただけ……」

「間もよかったし、ハリネズミの表情もよかった。お前の顔もよかったぞ。東京に出て、ちょっと見られるようになったな」

「……」

だまっていると、今度はお兄ちゃんの口調が、ぐにゃっと崩れた。

「なあ、頼むわ！　おまえといっしょなら、おれらゲスト扱いで出演出来そうなんや。直接フラッシュ曾根崎さんにからんでもらえるんや。相方も、なんとかおまえを説得してくれって言うてるんや」

「お願いお願い」を、お兄ちゃんはくりかえした。

「よっしゃ！　こうしよう！　いっしょに出てくれたら、ハリネズミの借金返さんでエエわ」

「え……、でもそういうわけには……」

「おまえも生活ギリギリやろ。ハリネズミはおれからのプレゼントってことにしたるで」

それは正直、ものすごく魅力的だった。それなら、オーブントースターが買える。食パンをきれいに焼けるっていうのは、すばらしいことだ。

白ハリくんにも、もっといいフードを買ってあげられる。パンジー柄のスカートにぴったりあうフリルブラウスも、夢じゃないかもしれない。

「ううーん。でも……」

ぐっと、詰まった。

単なる動画の紹介なら、ともかく。

「芸人一家の子」ということを誰もが知らない所に逃げ出して、今があるというのに、お兄ちゃんの妹としてテレビに出たら、それが知れ渡ってしまう。

とはいうものの、東京進出を目指して毎日がんばっている進撃スタンダードにとって、全国ネットの番組にゲスト扱いで出演出来るというのは、大変なチャンスだというのもわかる。

わたしと白ハリくんの腹話術がぜんぜんうけなかったとしても、それはそれで「ポンコツなヘンな妹」を話題に、お兄ちゃんが笑いを取れるかもしれない。

——ねえさん、出ましょ。

1 角川書店 2017 JANUARY 新刊案内

『喧嘩《すてごろ》』
黒川博行
撮影：ホンゴユウジ

▼売られた喧嘩は買う。わしの流儀や――。
エンタメ小説の最高峰「疫病神」シリーズ最新刊!

喧嘩《すてごろ》

黒川博行

建設コンサルタントの二宮は、議員選挙に関するヤクザ絡みのトラブル処理を請け負い、二蝶会を破門された〝疫病神〟桑原に協力を頼む。組の後ろ盾を失っている桑原だったが、選挙戦の暗部に金の匂いを嗅ぎつけ――。

12月9日発売
本体1700円+税
電子書籍

▼209号室の葵は、ほら、あなたのすぐ側に。人気作家が描くホラーミステリ。

209号室には知らない子供がいる

櫛木理宇

高級マンションで次々と起こる怪異。専業主婦の菜穂、千晶、キャリアウーマンの亜沙子、和葉。彼女らを「壊した」のは、209号室のオーナー・羽美は調査に乗り出すが……。

12月16日発売
本体1500円+税
電子書籍

▼稀代のストーリーテラー、赤川次郎が贈る人気人情時代劇、シリーズ第10弾。

鼠、嘘つきは

発売
円+税

犬飼六岐

の隅にはなんと男の死体が……。戯作者の青山孫四郎は、才助の巻き込まれた事件が、過去のかわら版の記事と似ているというが……。

12月24
本体160
電子

▼『ジャッカルの日』のフォーサイスは、MI6協力者だった！

アウトサイダー
陰謀の中の人生

フレデリック・フォーサイス
訳／黒原敏行

元英空軍パイロット、ロイター特派員、BBC記者。5カ国語を流暢に操り、MI6の依頼で旧東ドイツに潜入――。『ジャッカルの日』誕生秘話や実在するナチス残党の秘密結社への潜入取材など、国境を越えて描かれる小説のような人生を初めて明かした衝撃作！（解説：真山仁）

12月28日発売
本体2000円＋税
電子書籍

▼こどもと大人の想いをひとつにする木製玩具【KIDEA】と一緒に楽しむ本。

Disney KIDEA GUIDE BOOK

親子の絆を深めるきっかけになることを目的に開発された【KIDEA】のはじめてのガイドブック。ディズニーの世界観と見ているだけで遊びの想像が膨らむ写真がいっぱい！東京学芸大こども未来研究所による解説付。

12月17日発売
本体1000円＋税

喧嘩《すてごろ》

黒川博行

直木賞受賞作『破門』、続編！
累計110万部突破の
「疫病神」シリーズ最新作!!

ある代議士事務所に火炎瓶が投げ込まれた。
相談を受けた二宮はトラブル処理を請け負うが、
背後に百人あまりの構成員を抱える組の存在が発覚。
仕事の持ち込み先を見つけられない二宮は仕方なく、
組を破門されている桑原に協力を頼むことに。
腐りきった議員秘書と極道が貪り食う巨大利権を狙い、
代紋のない丸腰の桑原と二宮の〝最凶〟コンビ、再び。

ずっと畳の上で、何か考え込んでいた白ハリくんが言った。

（え？）

わたしは、思わず白ハリくんに顔を寄せた。

――恥ずかしいですけど、一回テレビに出て、それでお兄さんらが、助かるんやったらそれでエエやないですか。ぼくがこないして、ねえさんと暮らせるんは、お兄さんのおかげですし。

（ええの？）

口をぱくぱく動かして、尋ねた。

――ぼく、テレビ局の中、見てみたかったんですわ。フラッシュ曾根崎さんに直接会えるんでしたら、エエ記念になりますし。それに、借金消えたら、ねえさんも生活がちょっと、楽になれますやろ。

（……白ハリくん……。白ハリくんを買うために、お金借りたこと、気にしてたんや……）

わたしは、目を閉じた。

（……オーナーも星村くんも大山さんも、わたしがちょこっとテレビ出たって、兄が漫才師やからって、何も変わらへんよね。もう小学生じゃないし、ギャグやれっていじめてくる人なんか、おれへんよね……）

「お兄ちゃん、わかった、出るわ。白ハリくんといっしょに」

そう答えた。

「え、ほんまか?!」

「でも、借りたお金は遅くなってもちゃんと返すから」

「え、エエんか?」

「うん。これ、お兄ちゃんらのチャンスやもんね。わたしと白ハリくんをネタにして、いっぱい笑いとってや」

「お、おう。すまん」

お兄ちゃんが、お礼を言ってくれた。

(考えたら小さいときから、いつも、お兄ちゃんに何かしてもらってばっかりやもんね。家に心配かけてるのも、だまってフォローしてくれてたし……。こんなヘンなことでしか、お兄ちゃんにお返しがでけへんけどね……)

「ううん。そしたら、収録の日とかまた教えてな。バイトお休みもらわなあかんから、早めに……」

「よっしゃ。そしたらまた連絡するわ」

こうして、わたしと白ハリくんの初めてのテレビ出演が決まった。

11. 収録日と放送日

番組収録の日が、すぐに来た。

(へー、これがエルテレビかあ……。広くて、きれいな建物やなあ)

わたしは受付のあるエントランスの、ガラスの天井をまぶしく見上げた。

受付のおねえさんに声をかけ、前もって指示されていた控え室の場所を教えてもらって、そこに行った。

「おお、来た、来た！」

部屋の前に立って待っていたお兄ちゃんが、わたしの顔を見るなり駆け寄ってきて、わしっと肩をつかんだ。

「ちゃんと来れてよかったわ。おまえのことやから電車乗り間違えたりとか、道に迷ったりとか、そこらでコケたりしてんやないかて思って。あ、ハリネズミは連れてきたやろな！」

「大丈夫」

さげていたバスケットを、かかげてみせた。

「おおー、コノカちゃん、大人になってー！　うーん、直接会う方がずっとかわいいやん！」

お兄ちゃんの後ろ側からひょいと現れたふろむ今川さんが、両手を大きく広げた。

「写真や動画で見てもかわいいと思ってたけど、テレビうつりもきっとエエでー。うんうん」

「写真って？」

「お兄ちゃんに見せられてたの。きみのツイッターの写真。ほら、そのパンジーのスカート買ってうれしい！　のときの」

「あ、ああ！　これ買ったときの」

わたしはスカートのすそをつまんだ。

「ハリネズミは？　寝てるの？」

お兄ちゃんがわたしのさげているバスケットを指さした。

「うん」

「夜行性動物やもんなー!」

ふろむ今川さんが、笑ってそう言った。

「まあ、立ち話もなんやから、中に入って。って、おれの家とちゃうけど!」

そう言ってまた、一人で笑った。

(明るい……。明るすぎる……ふろむさん。舞台以上に、めっちゃ陽気やねんけど)

陽気な感じは、コニィのオーナーもそうだけど、ふろむさんのはテンションがちがった。ふろむさんは全身から発光してる感じだ。

舞台ではお兄ちゃんが明るくリードしているようだが、裏では逆のキャラだ。コンビの芸人にはそういうことは、わりとあると、おばあちゃんから聞いていたので、納得した。

「お菓子食べてエエよ。ほんで、コノカちゃん、動画と同じネタするのん?」

控え室のテーブルに置いてある、クッキーが盛られたかごをわたしにすすめながら、ふろむさんが聞いてきた。

「アレンジして、ちょっとだけ長いバージョン考えてきた」

「おお! やる気あるやん!」

「……やる気っていうか……。ウケなくても、それをネタにお兄ちゃんらがおもしろくしてくれたらエエし、スベってもわたしは平気やから」

「シマモ、聞いたか? 泣かせるなあ。兄妹愛《きょうだいあい》やな!」

「……おお」

「なんや、シマモの方が緊張しとるがな。コノカちゃんの方が先輩みたいやで」

「ほっとけ」

(なんか、なつかしいな。この感じ)

わたしは控え室を見まわした。

出演前の芸人やタレントが控え室で、待ち時間をすごしているこの感じ……自分でメイクをしている人がいたり、まじめに台本を読んでいる人がいたり、何か食べている人がいたり、ネタを確認し合っている人がいたり。

本番前独特の緊張感と、日常感が入り混じってかろうじてバランスをとっている、この空気。

小さいときに、家族そろって歌を歌う番組に出たことがある。

それに、昔のバラエティ番組をふりかえる、特番に出演するお母さんに連れられて、控え室でお母さんの出番が終わるのを待っていたこともある。あと、ものまね番組のご本人登場の仕事のときは、客席でスタジオ収録を見た。

さかのぼれば、赤ちゃんのときにおばあちゃんのひざにのって番組に出たこともあるらしい。

(さすがに覚えてないけど)

お兄ちゃんといっしょに、スタジオに入ってまばゆいライトの下に立ったら、その「なつかしい感じ」がもっとひろがった。

カメラや、照明や、音声の機械や、全てのスタッフさんに、

「お久しぶり」

と声をかけたい感じだった。

――ちゃんとカメラに顔向けて。表情はおおげさなほどハッキリさせて！　自分がマンガの登場人物になったと思い！

お宅訪問でロケ隊がうちに来たときに、そうお母さんに怒られた。

――まちがってもカメラにお尻向けたらアカン！　カメラはお客様の目なんやで!!

そう言って、お兄ちゃんとならんでお尻をぱん！　ぱん！　と叩《たた》かれた。

――人前に出る者が、姿勢をしゃんとしてないと、みっともないね。老けてるか、太ってみえるわ。

おばあちゃんが、録画したバラエティ番組を見ながらつぶやいていた。

――最近は、言葉を短くハッキリ、聞き取りやすいように言えてる子が少ないね。もごもごロごもってるのか、やたら大声で叫びたてるか……。どんなにいいことを考えていたって、話芸は、耳に入る言葉が全てなんやからねえ。

そう言って、ひな壇芸人達の騒ぎたてる声に顔をしかめていた。

そういえば、お兄ちゃんがこんなことをブログに書いていた。

――ぼくは、話す言葉を頭の中で選ぶときは高速で、口から発するときは、ぽんぽんとブレーキかけて低速ぎみにしてるんや。ネタに必死になりすぎると、アクセルふんで、お客さんを振り切ってしまうから。

それらが、カメラの前に立ったとたん、いっぺんによみがえった。

――エエか、コノカちゃん。どのカメラが今自分をうつしているか意識して、表情がしっかりうつるように要所要所で顔をカメラに向けるんや。それだけ気をつけるだけでも、だいぶちゃうで。

ふろむさんが、スタジオに入る直前にしてくれたアドバイスと共に、今まで家族に教えられていたタレントの心得の記憶が、雨のようにふりかかり、わたしにしっとりと染み通っていった。

コーナーが始まり、わたしの動画の再生に、スタジオ内で笑いが起きた。

そして、段取り通りにアシスタントのアナウンサーが、わたしと白ハリくんを紹介した。お兄ちゃんは、フラッシュ曾根崎さんにいろいろ質問されたが、緊張のあまり、吊《つ》り目になっている。

わたしは、笑顔でハッキリとあいさつし、お兄ちゃん達がお世話になっていることのお礼を言った。

「妹の方が、おまえらよりよっぽど落ち着いてるやないか！」

フラッシュ曾根崎さんが言って、なごやかな笑いが起きた。

不思議な感覚があった。

人と話すのがもともと苦手で、どう思われるのか怖い怖いとおびえながら生きてきた。なのに、スタジオの中はちっとも怖くない。カメラも家具みたいな「そこにあるのがあたりまえ」な感じ。ちっとも緊張しない。

だからといって、浮かれているわけでも興奮しているわけでもない。むしろ静かでおだやかな気持ちだ。

自分がしゃんとしているだけで、どんどん光……笑いという光が集まって来ているような、あたたかさ、心強さすら感じた。

このネタは、きっと、うまくいく、と思った。

「白ハリくん、白ハリくん、ちょっと起きて」

「**ねえさん、そんなん言われても、困りますわ……。ぼく夜行性動物やのに……**」

「甘えてもろたら困るな。あんた買うのに、お兄ちゃんに借金してるんやもん」

「**えっ、ぼくのために借金を?!**」

「そうやで。しっかりその分働いてもらわんとこまるわ。はい、笑顔」

(白ハリくん、笑ってるように見える、あの顔をする。スタジオに爆笑と「かわいい!」という女性の歓声があがる)

「そしたら、白ハリくん。りんご好きでしょ?」

「**りんご、よろしいな。りんごはまちがいないですから**」

「あ、これもしかして、りんごかな?」

「**え、ありまっか?**」

「ちがった。洗濯機に入れ忘れたくつしたやった」

(丸めた赤いソックスを出す)

「**……それは手洗いしなはれ**」

ほぼ同じネタの動画を先に流しているにもかかわらず、拍手と大歓声が起きた。

お兄ちゃん達も、立ち上がって思い切り拍手をしてしまい、フラッシュ曾根崎さんに、

「きみ達、素すぎや。ただの家族の応援しに来たみたいになってるよ」

と、また、つっこまれていた。

収録後、ディレクターさんにほめてもらった。それにおみやげに、たくさん番組関係のグッズ

をもらって、アパートに帰った。

「うわー、見て、白ハリくん！　バスタオルにハンドタオル、マグカップ、クリアファイル、メモ帳に水性ボールペン！　わーい！」

どれも、あれば便利だけど、買うのがもったいないものばかりだったので、一気に生活が豊かになった感じがした。

（お兄ちゃん達、フラッシュ曾根崎さんにつっこんでもろたり、ＭＡＮＺＡＩぐらんぷりで優勝したことも紹介してもろて、うれしそうやったな）

その日わたしは、もらったバスタオルを持って風呂屋《ふろや》に行き、やや高級なりんごを買って白ハリくんと分け合って食べた。

そしてその夜は、ぐっすり眠った。


日曜日。

わたしは番組の放送のことを、忘れていた。

放送はお店に出ている時間帯だし、レコーダーも持ってないので、お兄ちゃんが録画したものを送ってくれる約束になっていた。

収録中、「爆笑と拍手」という演芸の光をぞんぶんに浴びて、お兄ちゃん達を感心させたわたしは、一瞬で消え去った。

たぶん、テレビ局を出て、お風呂屋さんの混む時間帯のことや、スーパーの食料品値引きタイムのことや、大山さんに代わってもらったバイトの日をいつ、埋め合わせするかなどで頭がいっぱいになった、その瞬間に、魔法が解けたんだろうと思う。

昼過ぎ、店に現れたカップルのお客さんが「あっ！」と、わたしの顔を指さした。

「はい？」

「あなた、ハリネズミの子？　さっきテレビに出てたよね？」

「え、あ、あー」

わたしは、あいまいに返事して、ごまかそうとした。

（ああ、そうか。『フラッシュウイークリー』って日曜の午前中放送だったたっけ……）

そうしたら、別のお客さん……ハリネズミの予約をした親子……が現れた。

「あ、おねえさん、いたーっ！」

中学生の娘さんが、店のドアが開くなり、わたしを見て叫んだ。

「白ハリくん買ったの、おねえさんだったんだね！」

「あ、あ、あっと……、ごめんなさい。お母さんが白ハリくんを買うかどうか、迷ってたんですよね。その、白ハリくんと仲が良くなって、どうしても白ハリくんじゃないとって思ってしまって……」

「いいんだって！　白ハリくんとめっちゃ仲良しなの、あれ見たらわかったから！　ね、お母さん」

「ええ。でもあなた、とてもお上手ね。お兄さんも芸人さんだからなのね。感心しちゃったわ」

その話を聞いたカップルがうなずきあった。

「おもしろかったよー！　白ハリくん、いないの？」

バックヤードに白ハリくんは連れてきていたが、さすがにそれは言えなかった。

「ね、写真いっしょに撮ってくれない？」

カップルの女の人の方が、スマホを取り出した。

「あ、でも、今、バイト中ですし……」

「嶋本さん、どうしたの？　この者が何かいたしましたか？」

いつの間にか、オーナーがすぐ横に立っていて、不思議そうにそう言った。

「オーナーさんたらもー！　この人、テレビ出てたの知らないの？」

中学生が軽く責める口調で言った。

「テレビ？　ええ？　嶋本さん、なんか悪いことしたの?!」

「ち、ちがいますよ！」

「ハリネズミとお話しする、コントみたいなので『フラッシュウイークリー』に出てたんですよ。すっごくおもしろいの。ええと、このサイトで見られるかも。あ、あった！」

カップルの女性が、オーナーにスマホを見せた。

民放のテレビ番組ポータルサイトから今日の『フラッシュウイークリー』を再生した。

わっと、みんながその画面にむらがった。

「もう一回見たい！」

「ぼくも見たいな！」

「じゃ、再生するよ」

わたしと白ハリくんが会話を始める。スタジオ内の笑い声、タレントさん達の笑い顔がうつる。

フラッシュ曾根崎さんが、感心したようにあごに手を当ててわたしを見つめている。

白ハリくんの「にっこり笑顔」がアップになると、みんなきゃあっと声を上げた。

「し、嶋本さん、こんなの出るんだったら、言ってくれたらいいのに。って、あ、この間、バイトを休んでお兄さんと会う用事ってひょっとして、これの収録だったの?!」

オーナーがなぜか、動揺して尋ねた。

「は、はい」

「なんだ、もう。こういうこと、してたんだ。芸人志望なんだったら、応援したのに」

「いいえいいえいいえ、わたし芸人になりたいんじゃないんです。これはもう兄の頼みで、その、アクシデント的な……」

「えー、もっと見たい！」

「そうよ、どんどんやっていってよ」

「写真！　写真撮って」

わたしは、みんなに囲まれて、写真を撮った。

カップルの女の人と、中学生とはツーショットも撮った。それで騒ぎが済んだと思ったら、午後になって現れたやや小太りの男の人が、

「あ、ハリ乙女、やっぱりこのお店だったんだ」

と、わたしの顔を見るなり言った。

「え、ええ?」

（テレビを見た人じゃないの？　やっぱりこのお店って？）

「ツイッターでハリ乙女のタグ、見ました?」

「え、えと、今日はまだ……」

「ハリ乙女の働いてるお店、たぶんここだって、誰か書いてましたよ。それで来てみたんです」

「え、ええ?! どうしてここが……」

言いかけて、はっとした。

前にツイートにあげた、お店の中で撮った写真を見て、お兄ちゃんは神宮前の店だとわかったと言っていた。GPS機能がどうとか……。

(ああ、そうか。写真撮った場所が分かってしまうから、位置を表示させないようにしておけとか、お兄ちゃん言ってたのに、ツイートも削除しないでそのままにしてたから……。誰か調べて書き込んだ人がいるんだ……)

「あ、あああ……しまった、GPS……」

後悔してそうつぶやいたら、その男の人は、いやいやと手を振った。

「このお店で、いっしょに写真撮った人が、一時間前にツイートしてましたよ。『神宮前・ハリ乙女のお店でーす』って、このお店の看板の写真も出してたし。あ、フェイスブックにも載せてたんじゃないかな」

「え、あ、そうですか」

GPS以前の問題だった。

「ぼくも撮ってもらっていいですか? あとサインもください」

「……はい」

わたしはそれで、生まれて初めてのサインも書いた。

嶋本コノカと本名を書くのに抵抗があったので、男の人が差し出したメモ帳のようなものに「ハリ乙女」とマジックで書いた。

「日付も入れてください。それから、ぼくの名前も。はらだしょうくんへって」

「……どんな字ですか」

「原田《はらだ》は普通の。原っぱの原に田んぼの田、それに羽ばたく翔《しょう》です。羊の横に羽って書くやつ」

「……」

「あ、わからなかったら、カタカナで『ハラショー』でいいです」

「……すいません」

その日はそんなことで、仕事にならなかった。

「……今日は、なんだか騒ぎになってしまって、本当にすいません。ちゃんとお仕事が出来なくて……」

閉店後、わたしはオーナーと星村くんにあやまった。

星村くんは、終始冷静で、わたしが「ハリ乙女」目当てのお客さんに囲まれていても、淡々とレジや品出し、掃除などの仕事をわたしの分までやってくれた。

「こんな反響があるなんて、ぜんぜん思ってなくて。兄がその……番組の動画紹介コーナーに出ないかって言ってきて。兄の仕事のことがありますから、ちょっとでも役立つかなって思って……。でも、時間がたてば、きっとみんな忘れていくでしょうから、こんな騒ぎにはもうならないと思います……」

「ええ、もったいないなあ。もう、あれ、やらないの？　白ハリくんと『手洗いしなはれ』。すっごくおもしろいしかわいいのに」

「はあ、兄はプロの芸人ですが、本当にわたしは芸人になりたいんじゃないんです。ここのお店に毎日白ハリくんといっしょに通ってこれたら、それがいいんです」

「ううーん。まあ、うちはかまわないけど。きみのおかげで、店の宣伝になって、フードとかいつもより売れたし。ねえ、星村くん」

「はい」

星村くんがうなずいた。

「嶋本さんのあの動物相手のコントを見て感動する人は、動物好きの方が多いと思います。嶋本さん目当てで来られた方も、せっかくだからと、フードや首輪やアクセサリーなど、かさばらないものを何か買ってくださったので」

「そういえば……」

キャットフードの缶にサインをしてくれと言われて、一個書いた。

「ハリネズミの問い合わせも来てたしね。白ハリくんみたいなかわいい子がほしいって方から電話がたくさんあったんだ」

「ああ、そうなんですか。お店に役立ったんだったら、よかったです」

「まあさ、お店が活気づいて、華やかになって、ぼくは楽しかったな。お客さん達もきみも楽しそうだったよ」

「すいません。ありがとうございます」

わたしはオーナーにお礼を言って、星村くんより一足先にお店を出た。

正直言って、ちょっとくたびれていた。

写真を撮ったり、サインしたり、有名人気分をはからずも味わえて、楽しくなかったわけではないが、お店でいつもの接客が出来なかった上に、星村くんに負担をかけたのも確かだ。

「今日は早く寝よかな」

——それがよろしいで。

バスケットの網目越しに聞こえる白ハリくんの声も、心なしか疲れ気味だった。

いつものアパートに、帰って来た。

(あー、今日も部屋暑いだろうなあ。すぐに窓開けて風を通さないと……)

もう七月も終わりに近い。この所、夜になっても暑くて気温がなかなか下がらない。

(白ハリくんのためにも、クーラーほしい所やけどなあ……。でもまだまだ借金も残ってるし……)

ぼんやりそんなことを思いながら、未来荘の、曇りガラスをはめ込んだ、古い木のとびらを開けようとしたときだった。

「あの」

植え込みの木の陰から、ぬっと大きな影が現れて、悲鳴をあげそうになった。

「あの、ハラショーです」

(ハラショーって何? それ? ええ? 何かの勧誘?)

パニックを起こしそうになったときに、常夜灯の光でその人の顔がようやく見えた。

「あ、あ、お店に来た……人、ですか?」

「そうです。サインをいただきました」

ハラショーは、小籠包《ショウロンポウ》ぽいほおをぷるんとほころばせて、うれしそうに笑った。

「ど、どういうご用でしょうか……」

「これ、暑いから、どうぞ。差し入れです。新製品のジュース、集めてみました」

ハラショーは、コンビニの袋をわたしに差し出した。中にはペットボトルのジュースが何本も入っていた。

「あ、あり、がとうございます。でもどうして」

「ツイッターであげてたでしょ。新しいジュースは試さずにいられないって。それにたしかお部屋に冷房もないんですよね? レトロな扇風機だけで」

びくびくっと、体が震えた。

「そ、それは確かに、で、でも、お店はともかく、どうしてこのアパートのことを……。あ、これこそGPSで?!」

「いえ、動画のコインランドリーの近所で、クーラーも風呂もなくて、古くて日やけした畳の和室で、古い木の靴箱が並んでる共同玄関のアパートって、不動産屋に聞いたらもう、ここしかないんで」

「……そうでしたか」

わたしは、がくっと肩を落とした。そういえば、未来荘の玄関で、部屋ごとに分かれた木の靴箱が並んでる写真を、引っ越したときに、あげたことがある。銭湯の靴箱に似てるのがおもしろいと思って写真を撮ったのだ。

「これ飲んでがんばってください。応援してます」

ハラショーは、そう言って帰っていった。

わたしは、ずしっと重いジュースの袋を持って、ギシギシいう階段を上って二階に上がった。

「……こわかった。さしいれ渡すだけのためにアパートまで調べるって……。でも、ジュースもらっちゃったけど……」

——熱心なファンですなあ。

「こういうの、ファンって言うの？」

部屋に入って明りをつけた。思った通りにむわっと熱気がこもっている。

すぐに窓を開けようとして、はっと思いとどまった。

窓を開けたら、ハラショーがまだいるかもしれない。

カーテンもない部屋だし、どこかから見えるかもしれない。

それに万が一、木を登ってきたりしたら、窓から入ってこられるかもしれない。

そう思ったら、改めて恐ろしくなってきた。

「白ハリくん、暑いでしょ。ごめんね。でもちょっと、がまんして……」

わたしは冷蔵庫のとびらを開けて、その前に白ハリくんを入れたケージを置いた。

扇風機も強風にして、入口のとびらをあけ、ろうかに向かって熱気を追い出す努力をした。

（お風呂に行こうか……。でも、ハラショーがまた待ってたりしたら……。このアパートの近所のお風呂屋って、一軒しかないし、あの人、そこまで調べてそう……）

わたしは、ため息をついて、部屋の前のろうかに這《は》い出した。

(これから、どうしよう)

かすかに温度の低いろうかにぺたんと伏せて、目を閉じた。

(……まあ、大丈夫か。一回テレビ出ただけやし、すぐにこんなことはおさまるやろし。ああ、早くもとの生活にもどれますように)

12. 予想外だったこと

寝苦しくて眠りが浅かった。

うつぶせになっている胸の下に、何か固いものがあたって痛い。それに、足も何かにからまっている感じで動けない。

――ねえさん……。ねえさん……。

白ハリくんの声が聞こえる。すごく小さい声だ。

(白ハリくん?)

最初、今がいつで、どこにいるのかも、わからなかった。

(ああ、そっか。わたし、アパートのろうかに這い出して。床で体を冷やそうと思ってそのまま寝てたんやったっけ。あかん、こんなヘンな寝方したら……、お店であちこち痛い痛い言いながら、働くことになるし……)

——ねえさん!!

びん!　と針金を突っ込まれたように、声が首の後ろから刺さった。

「わっ」

わたしはおどろいて目を覚ました。

——もう、起きんとあきませんで!!

「うあ、声が……。またや」

わたしは、こめかみを指で押した。こうすると、ちょっと音の響きがましになるような気がする。最近、白ハリくんの声の大きさが特に安定しない。寝不足だと、よけいに声が大きく、大浴場の天井みたいにわんわんと反響して聞こえる。

——遅れまっせ。仕事に。

「……うう、**遅れまっせ。仕事に**」

声をぼそっと合わせながら、体を横向きにする。

白い壁、つけっぱなしのピンクのシェードランプ、蝶《ちょう》の柄のカーテンはずっと閉めたままだ。壁には大きな鏡がかかっている。白いふちどりが絵の額縁みたいですてきだと一目ぼれして、通販で買ったやつだ。

鏡には、フローリングの床に倒れているように寝ているわたしのすがたがうつっている。くしゃくしゃになった、ビスケット柄のジャンパースカートに、汗でよれよれになっている白いレースのブラウス。足元には脱ぎかけのパニエがからまったままだ。

（あ、あああ。そうか。もう未来荘やなかった。引っ越してきて三ヵ月にもなるのにまだ、慣れてへんな……。ああ、体、重い……）

うめきながら起きあがった体の下から、ぐちゃっとつぶれた濃いピンクのミニハットが出てきた。

（わ、また、つぶしてしもた！）

どうやら、アパートのドアの下の板が当たって痛いと夢の中で思ってたのは、これが原因だったようだ。

せっかく事務所が用意してくれた原宿の、冷暖房完備のワンルームに引っ越して、少しは好きなものも買えるようになったというのに、ベッドもまだ買えていない。未来荘のときに使っていた薄いマットレスを、部屋の隅に三つ折りにしてあるが、それを広げる前に寝てしまう。

——ねえさん、もう三十分しかありませんで。

「ねえさん、もう三十分しかありませんで……」

わたしは、うなずいた。三十分あれば、なんとかなる。

またお風呂《ふろ》にも入れなかった。髪がスプレーでがちがちに固まっていて、くしも通らない。でも、忙しいから仕方がない。

わたしは、ブラウスとビスケット柄のスカートをぬいでハンガーにかけた。しわとりスプレーと消臭スプレーを消防士のような勢いで大量にかける。そして不思議の国のアリスプリントのワンピースに着替える。こちらにも昨日の朝、しわとりと消臭の両スプレーを思い切りかけていた成果が出て、小さなしわは伸び、なんとか見られる形になっていた。

全身からスプレーの臭いがたちのぼるので、頭上にローズコロンをしゃしゃしゃしゃしゃっと雲を作るように噴射して、コロンの霧が降ってくるのをうけとめつつ、くずれたおだんごを盛り直す。

支度を済ませてリボンのついた白いバスケットに白ハリくんを入れる。

リュックサックには、ネタ帳と化粧ポーチのほかに白ハリくん用のドライのキャットフード、水とジュースのペットボトル、のどあめがわりのはちみつキャンディー、それに買いだめしてあるチョコバーをざくっとつかんでつっこむ。

「ごめんね。なんか、もう、ずっとキャットフードで」

「しょうがないですわ。芸人になろうって言うたん、ぼくですさかい」

「売れっ子になったら、もっとエエもん食べられるって思ってたのになあ」

「まあ、冷暖房と、シャワーがある生活になれましたがな。それにお姫様みたいな衣装かって着られてますやん」

「まあ、それはそうなんやけどね」

わたしは、ワンピースのそでやスカートにしみがついているのに気がついて舌打ちした。スイーツ食レポのときに、ラズベリーのソースが飛んだようだ。

わたしと白ハリくんは「ハリ乙女《おとめ》」という芸名で、八月に正式にデビューした。

望んでいたわけではなかったが、そうする方がいいと言うお兄ちゃんと、お兄ちゃんの所属する事務所……梅桃芸能《うめももげいのう》東京支社の人の説得を受けた。

「わたしの夢は、コニィで楽しく働いて、白ハリくんと休みの日をすごす。お兄ちゃんに借りたお金を返し終えたら、今度は少しずつ、生活用品を買いそろえていく……という生活を続けることです」

と言ったら、

「現状、それ無理です」

梅桃芸能の人……天野《あまの》さんにばっさり斬られた。

そして、それは事実であった。

テレビの反響はすごかった。コインランドリーの動画は三万リツイートまで確認したが、その後はもう見ていない。

「新しい動画あげてくれないの?」

「もっと見たいんだけど!」

という、リプライが山ほどついていて、読み切れなくなったのだ。

コニィには、いろんな人がどんどん来て、常連のお客さんから、店に入り辛《づら》くなったと苦情が来た。

白ハリくんがわたしといっしょにいないことに腹を立てて、怒鳴るおじさん。

メアドを交換してくれと騒ぎ立てる中学生達。

ハリネズミをあんなふうにおもちゃにしてはいけませんと説教をしにくるおばさん。

その上勤め先のペットショップが、ハリ乙女の所属事務所になっているという、まちがった情報を誰かがネットにあげたらしく、「あの芸をもっと見たい」「今度はいつテレビに出るんですか」という電話が、お店にじゃんじゃんかかってくるようになった。

初めはマネージャーになったみたいだと、おもしろがって、

「いえ、コノカちゃんは、特に芸能活動の予定はありませんので」

などと電話応対をしてくれていた大山さんやオーナーも、いっこうにそれが下火にならないので、困った顔をし始めた。お店に来ても、労働力にならないわたしの分も星村くんが、淡々と倍働いてくれたが、それも負担がかかりすぎだった。

大山さんの汗でとけて流れたメイクや、がくっと首を落として、バックヤードで居眠りをしている星村くんを見て、本当に疲れさせているんだと、胸にこたえた。

おまけにハラショーが、毎晩アパートの前で差し入れを持って待っているのも怖かった。いや、ハラショーだけなら、食べ物をくれるだけなのでまだよかった。

ハラショーにそっくりの小太りの男の人が、アパートの郵便受けをあさっていたのを見つけて、この二人が大喧嘩《おおげんか》になり、警察まで出て来る騒ぎが起きた。

真夏の部屋で窓も開けられない、お風呂屋にも行けない日々が続き、暑さに弱い白ハリくんがぐったりしてきたので、インターネットカフェに連泊したが、それも限界が来ていた。

(もう、どうしたらええのん!)

パニック寸前のときに、それを見計らったように、お兄ちゃんと天野さんがお店に現れた。

お店の事務室で、お兄ちゃんはわたしに、このままだとこの店に迷惑もかけるし、すでに顔が売れてしまっているのに、ろくに鍵《かぎ》もかからないようなアパートに住むのは、心配だと言った。

続けて、大人でスーツでごつめの顔なのに、なぜか髪型だけ昔のアイドルっぽい天野さんが

言った。

「コノカちゃんの芸は、世の中の人を明るく出来る、いい芸だと思うよ。だからおおぜいの人が、もっとハリ乙女を見たくて、お店にもアパートにも来るんだよ。デビューもしていないのに、たくさんの人に求められることって、ないよ。それにこの世界のことは、知らないわけじゃないよね？　波が来てるときには、乗った方がいい」

天野さんの言葉にお兄ちゃんも、それになぜかオーナーも、うなずいた。

「コノカ、おまえ、あの芸、やろうと思ったらもっと出来るんやろ。おまえは昔から、そういうとこある。勉強でも運動でも人前で話すのんも、ほんまはもっと出来ることでも、『そんなんようやらん』って言うて本気をださへん。それはなんでや？　思い切りがんばって、アカン結果を見るのがこわいんか？」

お兄ちゃんの言葉に、ぎくりとした。

確かにわたしは、そういう所がある。

「……だって、お母さんみたいに……昔、アイドル漫才師やったんを、いつまでも引きずってるのんって、イヤやし。みっともないやん。売れてたときのことを自慢したり、過去の栄光にしがみついてるのんって……。ああいう感じになるかもって……」

「アホか！」

お兄ちゃんが、ばん！　と事務所のテーブルをたたいた。びくん！　と体がいすの上ではねあがった。

「思い上がるな！　おまえは、チェリーみつよほどの力はない。根性もないし、努力もしてないのに、自分がお母さんほど売れるのんが当たり前やと思ってるんか！」

わたしはお兄ちゃんの顔を、そうっと見上げた。お兄ちゃんは本気で怒っていた。眉根《まゆね》に一本太い縦じわが寄っているし、小鼻がぴくぴくと震えている。

「おまえはカッコ悪いと思ってるかしらへんけどな、『あの人は今！』番組なんかに出て、ギャグして、ちゃんとウケてるのんは、お母さんの芸の力や。表舞台から下りた芸人としての立場を自分でネタにしてるんや。笑い物になってるんやない。笑わせてるんやぞ！　素人みたいなこと言うな！」

「わたし素人やもん！　芸人とちがうもん！」

「アホめ。芸人と芸能関係者しか住んでない家に育って、真っ白な素人のはずないやろ！　ほんまの素人が、いきなりテレビであんなこと出来るか！　スタジオの空気吸うて生き生きしやがって！　おれらの五倍ウケやがって！　おれもふろむも、あれからなんべんお前のことを聞かれたと思ってんねん!!」

「シマモさん、まあまあ。大声で怒ったら、コノカちゃん、こわがりますって」

天野さんが、お兄ちゃんをなだめた。

「こいつ、おとなしそうに見えますけど、中身、そんな子やないです。お母さんに似てるとこあって」

「お母さんになんか似てない！」

「そのきんきん声！　きっつい顔！　そっくりじゃ！」

天野さんとオーナーが、まあまあまあと、立ちあがってにらみあう、わたしとお兄ちゃんの肩に手を置いて座らせた。

「シマモさんがここまで言うのは、コノカちゃんに期待してるからだよ。それに今の暮らしはもう続けられないのは、わかってるよね? ほかのアルバイトを探しても同じことだと思う。うちの事務所に所属してくれたら、住む所も用意して……管理人さんがちゃんといるマンションがいいね。衣装だってこっちで買ってあげられるし、そう多くはないけど給料だって出るよ」

天野さんの言葉に、わたしがすぐに答えられないでいると、オーナーが言った。

「嶋本さん。お店はきみがいなくなるとさみしいし、痛手だけど、でも、この所、ちゃんと食べてないし寝てもいないだろう? 白ハリくんだって、このままじゃ弱ってしまう。残念だがぼく達だけじゃ、きみの生活を今以上守ってあげられないよ……。この際、将来のことも含め、ちゃんと考えてみたらどう?」

わたしは、オーナーの顔を見た。いつの間にか来ていた大山さんとならんで、わたしに大きくうなずいてみせた。

「どうしよ……。白ハリくん……」

わたしは、独り言の感じで、ひざに置いた白ハリくんのバスケットに問いかけた。

――ねえさん。芸人になった方がエエんちゃいますか。

白ハリくんのささやき声が聞こえた。

(えっ)

わたしは、ううーんと悩んでいるかっこうで、伏せながらバスケットに耳をくっつけた。

――ねえさんも、いっぺん、本気でがんばってみたらどないですか?

（白ハリくん……）

――ぼくもいっしょにネタも考えたり、がんばりますから……。楽しいことも、ぎょうさんあるんちゃいますか。

そう言われて、そういうの、ありかも……と思った。

（もし、芸人になるんやったら、白ハリくんとほんまの相方になるってことか……）

そういう未来は想像したことがなかったが、もし自分に相方というものがいるとしたら、それはきっと白ハリくんしか、いない。

いっしょにいるのが楽しいし、気が合うというのもあるが、何より、スタジオで白ハリくんとネタをやった感触が、良かった。

あのとき、確かにお兄ちゃんの言う通り、わたしは生き生きしていたと思う。

なんと言うか、「親戚《しんせき》の家に来てる」ぐらいの空気感で、カメラの前に立てた。

ぜんぜんあがらなかったし、わたし（と、白ハリくん）の口から出る言葉の一言、一言で、笑いが起こることが、素直にうれしかった。

笑い声を浴びると、血があたたかくなり、体の隅々にまでめぐる血流も勢いよくなる、もろにパワーを得ている、そんな感じだった。初めて「芸人ファミリー」の一員だったんだということを、全身で感じた瞬間でもあった。

（……白ハリくんとの、会話を人前でやって、それで生活が安定するなら、実はすごくいい話なのかも……。それにこれ以上、オーナーやコニィの人達に迷惑をかけたくないし……）

わたしはすうっと息を吸い込むと顔を上げた。

「わたし、と、白ハリくん。梅桃芸能さんにお世話になります。どうぞ、よろしくお願いいたします」

そう言ってバスケットを抱えたまま頭を下げた。

――よろしくお願いいたします。

白ハリくんも、そう言っていた。

オーナーと大山さんが、拍手してくれた。

お兄ちゃんも、よし！　とうなずいた。

「お母さんも、喜ぶと思うわ。まあ、お父さんの会社……光白舎《こうはくしゃ》やなくて、二人ともがライバル会社の梅桃芸能に所属って、そこは複雑やろけどな」

「……そしたら、せめて今日一日はお店で働かせてください。あの……、オーナー。在庫置き場とか奥の掃除とかして……ご迷惑かけないように気をつけますから」

「わかった。じゃ、星村くんがもう売り場に来てるから、星村くんにそう言って」

「はい。じゃ、みなさん、わたし、売り場にもどらせていただきます……。本当に、ありがとうございました。天野さん、これからよろしくお願いいたします」

――よろしくお願いいたします。

白ハリくんのそう言うのが、わたしの声にすいっと重なった。

星村くんは、わたしの話を聞くと、静かにうなずいた。

「……嶋本さんのためにも、その方がいいと思う」

そう言って何度も小さくうなずいた。

「大変かもしれないけど、がんばって」

「はい。本当にお世話になりました」

「ああ、そうだ。もし白ハリくんに何かあって……これは大変だと思うことがあったら、いつでもお店に連絡して。白ハリくんも忙しくなったら、具合が悪くなったりするかもしれないし……。あ、でも、夜中とか早朝だったら……いけないいな。一応、そのときはうちに連絡して」

星村くんは、星村動物病院の電話番号をメモ用紙に書いて、渡してくれた。

「ありがとうございます」

それを両手で受け取り、エプロンのポケットに入れた。

「それ、またハリネズミのケージに入れたりしないでね」

星村くんがそんなことを言ったので、

「え！」

わたしは、びっくりした。

(花園さんの電話番号を、いらないからって、白ハリくんのケージに入れたことを知ってたんや！)

「そ、そんなことしません……」

すると星村くんは無言で伝票をチェックしだしたので、それが本気で言ったのか、冗談で言ったのか、わからずじまいだった。

その週のうちに、事務所との契約や引っ越し、息をつく間もない全力疾走の毎日が、助走もなくスタートした。

天野さんがわたしの担当マネージャーになった。前に進撃スタンダードのマネージャーだったという。

「明日《あした》から仕事だからね。スケジュールは前もって言っても覚えきれないと思うから、前日、もしくは朝に伝えるね」

初めての打ち合わせで天野さんが言った。

「『ハリ乙女』なら、これっていう、印象に残る衣装を着た方がいいと思うんだ。何かアイデアはある？」

それでこういうのが好きでと、いつも見ているロリータ服アウトレットサイトを見せたら「乙女って感じでいいね！　それに似合いそうだ」と即ＯＫをもらえた。

「じゃ、今日中に二着、目立つのを一式そろえて。出来るだけ安くおさえてくれたら助かる。領収書も忘れずにもらっておいて。当分買い物にもいけないと思うから、白ハリくんのフードだとか、生活に必要なものも買いだめしておいた方がいいね。ああ、そうだツイッターは白ハリくんの動画を残して、前のアパートやコニィがうつってるものは削除した方がいいね。更新を待ってるフォロワーも増えてるし、『ハリ乙女』の動画や写真はどんどんアップして。明日はマンションに朝七時に迎えに行くから、今日中にそれだけのことをしておいてね」

そのとき、悩みに悩んで選んだのがさっきまで着ていたビスケット柄のジャンパースカートと白いブラウス、スカート下にはくパニエとドロワーズ、ピンクのシースルーロングソックス、ピンクのリボンヒール。それと今着ている、不思議の国のアリスのキャラがプリントしてあるワンピースにつぶれた濃いピンクのミニハット。そして白ハリくん用の、白にピンクのリボンがついているバスケットだ。

それをこの三ヵ月、洗濯する間もなく使い続けている。


天野さんの運転する車の後部座席に乗りこむと、はーっとため息をついた。

つま先にあいたソックスの穴が、大きくなっている。

(ソックスもシースルーのんやなくて、もっとしっかりした生地のんにしたらよかった……)

しみのついたそで口を折ってごまかし、つま先を靴の中にぎゅっと押し込んで、穴をかくした。

運転しながら天野さんが今日の予定を教えてくれる。

「今からJXテレビ特番の収録。『これはヒドイ！　怒りの女子スペシャル』で、女芸人チームのひな壇に座る。みんなひどいふられ方をした話をするんだけど、何かエピソードある？」

「……ふられたことないです。っていうか、カレシいたことないんで……」

「あ、そうだったね。じゃ、カレシは白ハリくんだけってことで通そう。昨日の取材で言ってた『脳内メルヘン』な感じがいいかな」

「はい。あの……白ハリくんと会話させてもらう時間ありますか？」

「ほぼないね。MCさんがふってくれるチャンスを狙うか、CM前のアップのときに何か白ハリくんで一言強引に入れるしかないね。ああ、それから歌の練習しといてね。今週末、白ハリくんとデュエットするから。『芸能人歌じまん』のデュエットのコーナーにエントリーしてるから」

「……歌」

やったことない。カラオケにも行かないのに、白ハリくんとの歌ってハードル高すぎる。

でも、そう言っても「そうだろうねー。がんばってねー」と言われるだけなのもわかっている。

「はい」と言うしかない。

腹話術という芸をお客さんに飽きずに見ていただくのは、大変なことだ。しっかり練習して芸を磨かないと。今のインチキっぽい腹話術じゃきっとダメだ。ネタも工夫して、たくさんストックを作っておかないと。上下関係も厳しいから先輩には礼儀正しく。時間を惜しんで練習もしないと。そうだ、腹話術のDVDを移動の時間に見ておこう。

これがわたしのイメージしていた新人芸人の生活だった。

そういう「一生懸命、芸を磨くことにがんばれる生活」を始められると思っていた。そこがスタートだと、なんとなく思っていたのだ。

ところが、わたしには、いきなり仕事のオファーがたくさんきていた。

求められるのはうまい芸じゃなく、「動画きっかけでデビューした原宿ぐらしのメルヘン系不思議ちゃん」キャラクターだと事務所に言われた。

梅桃芸能は東京発信で若い子に人気の女芸人が今、ほとんどいないので、きみにはそこを期待していると、天野さんに言われた。

顔見せ程度の短い動画ネタを披露して、各テレビ局を一周すると、今度は「乙女系仕事」と「ペット系仕事」がびっちり詰まった。

乙女の都内スイーツめぐり、原宿渋谷のラブリー乙女服紹介、乙女が好きなラブリーペット特集。動物バラエティ番組は、すぐに準レギュラーの位置になった。

白ハリくんも、スタジオで大うけした、「笑っているような顔」をするだけで、一仕事になった。

「わあ、このかき氷めっちゃかわいいー！　見て見て！　白くまくんのお顔」

「ほお。かわいいですなー」

「ううーん、おいしい！　ミルク味にフルーツやゼリーがいっぱい。白ハリくん、はい、あーん（食べさせるフリ）」

「おー、ボーノ」（白ハリくん笑顔）

「って、なんで、イタリア語でいう？」

「その方がモテそう」（あきれて、びっくり目のハリ乙女と白ハリくんのアップ）

こんなのをわんちゃんの絵を描いてあるパンケーキや、切ったら猫の顔が出てくるロールケーキなどで、やる。

ここまで芸のない、同じパターンでいいのかと不安になる。でも、結局これ以外のことをやったらカットされるし、スタッフもディレクターも困った顔をする。

「一生懸命、芸を磨くことにがんばれる生活」には手も届かないし、難しいことを考えるには時間が足りな過ぎた。

かつて、テレビを見ながら、ああ、こんな芸のない子が、たいしておもしろくもないのにテレビに出まくって、もっと芸を磨かんかい！　じきに人気なくなるぞ！　と、思っていたことが、ちくちくと胸を刺した。今思えば、あれは素人の感想だった。

デビューして三ヵ月、わたしはあっという間にその「芸のない、たいしておもしろくもないのにテレビに出まくって」「芸を磨かんかい！」と思われる側になってしまったのだ。

こんな生活はまるで予想もしていなかった。

で、大きく予想外のことが、もう一つあった。


JXテレビに着き、わたしは控室に向かった。

今日は大きな部屋に、若手の女芸人達といっしょだ。

控室のドアにならんで貼ってある名前を見て、

（ああ……）

とため息をついた。

クライシス今日香《きょうこ》、クライシスめめ、それに波切《なみき》り宇美《うみ》。この三人とまたいっしょなのか……。

――ねえさん、がんばってあいさつするんやで。今日は、話にわりこむぐらいの勢いでな！

「わかった。白ハリくん、……ごめんやけど、急に声出さんといてな。今日は特に声が……頭に響くから」

――あ、ごめん、気をつけるわ。

先輩には礼儀正しく。これは鉄則だ。

控室に行く前に、メインMCさん、メインゲストの元宝塚の女優さんの楽屋にあいさつに行く。

それから、今日のゲストのバラエティ系アイドルや、モデルさん達。こちらは、礼儀正しく、頭を下げるだけで、そう問題は起こらない。どの人も忙しいし、よほど失礼なことをしない限り、こちらの存在など、たいして記憶に残りもしないだろう。いちいち来なくていいと言う人もいる。

ベテラン人気漫才コンビさん達の控え室にも行く。

お母さんと同期の芸人さんで、小さいときにテレビ局で会ったこともある人達だ。

「しかし、自分、けったいな芸始めたねえ。きみを見てたら腹話術っていうより、ハリネズミと漫才をほんまにやってるみたいな感じに見えるわ」

「動物が相方って、いろいろ気を遣うやろ。ずっと世話したらなあかんしなあ。ハリネズミって、人になつくのん?」

などと、話してもらえたりもした。

勝手なもので、あれだけお母さんが芸人だというのがいやでたまらなかったのに、この世界に入った途端、お母さんといっしょに仕事をした人達に、声をかけてもらえると、ほっとするようになった。

いよいよ、控え室。

そーっとドアを開ける。

最近テレビで良く見る、若手の芸人同士で楽しげに盛り上がっている。

この中では若干先輩の波切り宇美を中心に、クライシス今日香とめめコンビが特に大きな声で、共通の知り合いの誰かを話題に、大笑いしている。

おはようございます。簡単な言葉だ。今だって、何回も言った。でもここでは、難しい。

(言う。今日こそ、まともに言うぞ)

わたしは、白ハリくんの入ったバスケットをぎゅうっと胸に抱いて、呼吸を整えた。

13. あいさつ問題

テーブルを囲み、おやつを食べながら、話がはずんでいるみんなの様子を見ながら、話の切れ目を待つ。

だけど、誰も話を切ろうとしない。何か話題が終わりそうになると、そこにかぶせて、波切り宇美かクライシスの二人が別の話をふる。わざとなのだ。

ねこゆめ屋《や》の長野《ながの》さん小宮《こみや》さんコンビは、わたしがいることに気がついて、ちらちらとこちらを見てはくれるが、自分からは声をかけてはくれない。二人とも波切り宇美達をこわがっている。

最初、それが、わたしに対してだけそういう態度をとっているとは気がつかなかった。だから、初めて控え室で、波切り宇美やクライシスといっしょになったときは、三人の話が終わるのをだまって立って待っていたら、クライシスのやたら派手顔で背の高い方、今日香が線香花火みたいにつけまつげを重ねた目を大げさに開いて、言った。

「わあ！　びっくりした。ハリ乙女さんじゃん。ピンクの背後霊かと思った」

「なんでそこにいるの？　ずーとだまって立ってるなんて、気持ち悪くない？」

クライシスめめも、こけしにそっくりの細い目を、さらに細めて顔をしかめた。

すいません、とあやまっている間に、波切り宇美がスマホを見始めたので、おはようございますと言うタイミングを失って、しかたなくすみっこに座った。

すると今日香が、こっちを指さして叫んだ。

「あっれ？　あいさつなし？　うちらはともかく、波切りさんに失礼じゃん。いくら大人気でも、この世界は一日でも早くにデビューした古い人っていうのも、なにげにわたしに失礼だって」

「そうだよ、気をつけてね、って、古い人っていうのも、なにげにわたしに失礼だって」

今日香と波切り宇美が、顔を見合わせて笑った。

「……すいません。その、お話の邪魔になってはいけないと思って」

あわてて、立ち上がってあやまったら、波切り宇美がにっこり笑って言った。

「いいのよう。ハリ乙女ちゃんは、お嬢様育ちだから、のんびりしてるんだよね」

「え、ハリ乙女はお嬢様なの？」

「だって、お父さんプロダクションの偉い人なんでしょ」

（あっ、波切りさん、そんなこと、知ってるんだ！）

息が詰まった。

「まじ？　どこ？」

みんながわたしに注目した。

「話によっては、態度変えるからさ！　教えて！」

「あんた、それ、リアルすぎ」

誰かがのっかって、さっそくふざけた。

「光白舎です……」

「あー。光白舎かあ。あれ、じゃ、なんで梅桃芸能？」

「光白舎って、大阪でしょ。所属芸人さんもみんな関西メインだもんね。原宿発の新感覚派には合わないって思ったとか？」

「波切りさん、新感覚派って言葉もなんか古いっすよ」

「エエやん！　別に！」

「って、なんでそこで関西弁？」

　わたし以外の全員が笑った。その後、車で送り迎えしてもらっていることを、クライシスめめが言いだして、さすがお嬢さまだよね、新人はアイドルさんだって電車なのに、という話題をさらに、しつこく引っ張った。

「く、車で送迎は、白ハリくんを連れて電車に乗ったら、いきなりバスケットを開けて、白ハリくんをさわろうとした人がいて、白ハリくんが危険な目にあってはいけない……ということがきっかけでしていただくようになって……」

　誰もまともに聞いてくれなかった。

　何か言えば言うほど、「パパに買ってもらった珍しいペットと、家族のコネのおかげで、特別扱いされているお嬢様芸人」という話の細部に改変されてつけ加えられた。

　そして、その日以来、クライシスと波切り宇美は、控え室でわたしといっしょになると、わたしに「あいさつをさせない」活動を始めた。

　わたしがあいさつしようとすると、話を途切れさせず、えんえん盛り上がり、あいさつそのものをあきらめさせる。

　話に割り込んででもあいさつしようとすると、わざとものを落としたり、大きな音をたてたりして、みんなの気をそらす。

昨日、動物バラエティ番組の収録で、ねこゆめ屋の二人といっしょになった。

「ハリ乙女は、お嬢様なのを鼻にかけ、売れてる先輩にはへいこらしてるくせに、そうじゃない人には、一回もまともにあいさつしてこない」

と噂になっているというのを、二人が気の毒そうに教えてくれた。

（そうだったのか……。それで、あの三人はわたしにあいさつさせないようにしてるんだ……）

「わたし達は、その、力がないし……。ハリ乙女さんはそんなんじゃないって言ったりしたらその……」

「いいよ……。ねこゆめ屋さんまでが、悪口言われたら、いけないし。気を遣わないで」

「ごめんね。せめて噂にのっからないようにして、それ以上広めないようにはしてるからね……」

「イナセ樹理《じゅり》さんとか……うちの事務所の先輩方は、そういうの本気にしないって言ってたから。あの人達、前に、うちらの後輩にいじわるしてたんだよね」

「ありがとうね」

それで、わたしは今日こそはどうにかして、あいさつしてやろうと思っていたのだ。

波切り宇美は入口に背を向けている。

クライシスはその両脇をはさんで座っている。

待っていたって、話に切れ目はないのは、もうわかっている。

わたしは、いやでも三人の目に入るように、部屋の奥に回った。

そして、あいさつしようと口を開いたら、

「そうそう！　見せたいものがあったのよう！」

波切り宇美は、声を大きく張り上げて、週刊誌ほどもある大きなコスメポーチを開けた。

「これこれこれ。じゃーん。奇跡の美白&保湿&リフトアップジェル」

わあっと歓声をあげて波切り宇美の出したボトルに、クライシスが顔を寄せた。

ねこゆめ屋の二人をのぞいて、ほかの人達もそれにのっかる。

息ぴったりのコントを見るようだ、と、脱力しそうになったそのとき。

――ねえさん！　ちゃんと言うこと言わんと！　ぼくの言う通りに声重ねて！

バスケットの中から白ハリくんが叫んだ。

きーん！　と耳鳴りがした。頭の裏側を金属でひっ掻《か》かれるようなすごい声だ。

（えっ、えっ、白ハリくん?!）

――波切りさん！

わたしは、声を張り上げて、白ハリくんの声に自分の声を必死でかぶせた。

「波切りさん！　そのジェル、めっちゃ話題のなかなか手に入らないやつじゃないですか！　どうやって手に入れはったんですか？　うわあ、エエなあ」

波切り宇美が、一瞬わたしを見た。

「それ、女優さんも使ってるって。波切りさんのお肌、めちゃめちゃきれいだって、モデルのセイラさんも言ってはりましたよ」

あ、と思った。確かに、何日か前の収録で、セイラさんがそう言っていた。白ハリくんも聞いていたのだろう。

「あら、そう?」

波切り宇美は、思わずわたしを見て返事をした。

「はい。うらやましいです！　わたしも、そんないいお化粧品使えるようになりたいです」

「お嬢様なんだから、化粧品ぐらい買ってもらえるでしょ？　見え見えだよ、波切りさんにおべんちゃらのつもり?」

「だよね。何よ、バカみたいに大声出しちゃって」

今日香とめめが、憎々しげに言い、ねえ、みんなと言いたげに左右に首を振った。

ねこゆめ屋の長野さんはくちびるをへの字にしてうつむき、小宮さんはお菓子の空袋をたたみはじめた。

（し、白ハリくん、化粧品の話なんかして、どうするつもりなんやろ……。結局あいさつも出来てないままやし……）

はらはらするが、白ハリくんの言葉を、そのまま口に出すしかない。

「家の世話にはならないようにしてるんです。父の会社は経営が厳しいので。原宿のマンションも梅桃芸能の社員さん用の部屋を貸してもらってて」

白ハリくんがしゅんとした、しおらしい感じの言い方をしたので、わたしも一生懸命そんな雰囲気で表情を作った。

（……そうか、こういう話をしたら、わたしがすごく優雅な暮らしをしてるって誤解を、少しはとけるかも）

「ふうん。でも、それだけ忙しくしてるんだったら、ギャラもはいってくるんじゃないの？」

意外そうに、波切り宇美は尋ねてきた。

「いえ、家賃が助かってるといっても新人の給料ですから。それに白ハリくんも借金で買ったもので、そのお金を毎月返してたら、化粧品どころか……。衣装も替えがなくて……」

わたしは、とっさにくつをぬいで、ソックスのつま先の穴を見せた。

「ま、ひどい穴じゃない！　いくらなんでもあなた……、おしゃれな感じで売ってるのにイメージが……そういうのは大事にしなくちゃだめよ」

波切り宇美が顔をしかめてそむけた。

「すいません、お見苦しいものを見せてしまいまして」

わたしは、頭を下げた。

「でも波切りさんみたいに、きれいで余裕のある大人の仕事が出来るのを目指してがんばりますので、どうぞ、よろしくお願いいたします」

もう一度、頭を下げた。

そうか、白ハリくんのやりたいことが、わかった。強引にでも自分に目を向けてもらって、あいさつ出来る空気に持っていくこと！

わたしは、すーっと息を吸い込んで、波切り宇美に、今度は自分の言葉で言った。

「すいません、話に割り込んでしまって。遅くなりましたがあいさつさせていただきます。おはようございます。今日も一日、よろしくお願いいたします」

「……おはよう。よろしくね」

波切り宇美が、まあしょうがないかといった顔つきで、短くそう答えた。

（やった！　波切りさんがあいさつを返してくれた！）

思わず顔がほころんだとき、白ハリくんの声が追いかけてきた。

「クライシスさんも、あいさつが遅くなってすいません。おはようございます。今日も一日よろしくお願いいたします」

あわてて、声に合わせて頭を下げた。

「……おはようございます。よろしくお願いします」

クライシスの二人が顔を見合わせたあと、くやしそうにそう答えた。先輩の波切り宇美が答えているのに、クライシスがわたしのあいさつを無視することは出来ない。

「ねこゆめ屋さん、おはようございます。よろしくお願いいたします」

「おはようございます！」

長野さんは、目じりをくしゃくしゃにして、笑顔でそう言ってくれた。

「よろしくお願いいたします！」

小宮さんはそう言った後、「やったね！」と、口だけ動かしてそう言ってくれた。


その日の収録は、うまくいった。

若手女芸人の席は、波切り宇美がしきっている。

波切り宇美が、わたしと普通に話したり、コメントのタイミングをちゃんとはさませてくれるようになったので、ほかの新人芸人達もそれにならった。

びくつかずに、ねこゆめ屋の二人と、笑顔でうなずきあえたし、クライシスは少なくとも、収録中は嫌みを言わなかった。

「わたしの恋人は白ハリくんです」

「ぼく、悪いけど針のない子はタイプちゃいますねん」

と、ひと会話、入れることも出来た。

アイドルさんとモデルさんが、白ハリくんを見てかわいい！　かわいい！　とはしゃいでくれたのもあって、多めにアップをカメラにぬいてもらえた。

波切り宇美が控え室を出ると、今日香とめめにすっと両側からはさみこまれた。

「あんたさ、なんか気持ち悪いんだよね」

今日香が低い声で、言った。

「もともと話題になった動画もさ、かくし撮りされてたやつでしょ？　あれネタの練習じゃなくて、本気だよね。おかしいんじゃない？」

「乙女って言ったら、聞こえがいいけど、女の童貞が妄想しちゃってる感じだよね」

今日香とめめは、言い捨てると、さっとわたしから離れて控え室を出ていった。

わたしは、返事出来なかった。

白ハリくんも、だまって気配を消していた。

もともと、自分はまともじゃないと、思っている。動物の声が聞こえていた、子ども時代も、白ハリくんと話せる今も。

この世で一番、気が合っているのがハリネズミだっていう事実も。

花園さんの誘いも強引なキスも、気味が悪いだけだったということも。

つきあった男の子が一人か二人過去にいたり、カレシがいたりするような女の子だったら、花園さんをあんなに怒らせたりしない、もっとちがった、返事をしただろう。

そういうことも、わかっているので、クライシスの言葉には傷つかない。

でも、白ハリくんには、今のを、聞かせたくなかったなと思った。

「……て、感じで、みなさんと控室で居やすくなりました」

わたしは、帰りの車中、天野さんに、なんとか波切り宇美にあいさつを返してもらえたことを報告した。

あいさつの件は、天野さんも気にしていたのだ。

「そしたら、本番中も、なんかほんのちょっとだけ、波切りさんが優しくなった感じで、CM前も白ハリくんといっしょに微妙に長めにうつることが出来ました」

「ほっとしたよ。いい仕事をするには、人間関係が大事だからね」

みんな白ハリくんのおかげです、と言いたい所を、がまんして、とんとん、とバスケットのふたをたたく。

――よかったです。

白ハリくんの柔らかい声が返って来た。

(よかった。白ハリくんの声、収録終わったぐらいから、小さくなって、頭に響かなくなってきた……)

「お嬢様芸人って噂がどんどん広まるようだったら、お嬢様おぼっちゃま芸人特集とかに出してもらうのもあるなって思ってたんだけどね」

天野さんが笑って言った。

「そ、そんなことしたら、よけいにいじめられそうなんですけど」

「新人なのにこれだけ売れたら、ねたまれるし悪口も言われるさ。ツイッターの方もそうでしょ？」

「……そうですね。白ハリくんの写真をアップしたら、動物虐待だとか、ハリネズミを金儲《かねもう》けに使うなってリプライ、必ず来ますし……」

「同業者より、一般の人の方に気をつけて対応した方がいいかもね」

「……そうかも……です」

わたしは、バスケットの持ち手に結んでいる、ハリネズミの模様のハンカチを見ながら、そう答えた。

ハラショーは原宿のマンションをすぐに見つけ出した。

マンションの前で待つと管理人さんに注意されるので、管理人さんに差し入れをあずけて帰るようになった。

食べ物、飲み物は、万が一傷んでいて、ハリ乙女が健康を害してはいけないので……ご遠慮いただけたらと思います……と天野さんから言ってもらったら、今度はハリネズミのグッズを見つけては、管理人事務所に置いて行くようになった。

ハリネズミもようのポーチ、ハリネズミの絵ハガキ、それにこのハリネズミプリントのハンカチもそうだ。

「明日《あした》の予定はどうなってますか？」

「大阪だよ」

「大阪ですか。関西台《かんさいだい》テレビか、大阪《おおさか》ラジオですか？」

「ロケだよ」

「ロケですか。あ、大阪うまいもん特集とかですか？」

「いや、ロケ先は嶋本家だよ」

「え？　うちですか？」

思わず運転席の横にまで、身を乗り出した。

「シマモさんがさ、実家訪問番組があったら、コノカ、使ってやってくださいって言って来てさ。そうでもしないと、あいつ家に帰らないからって」

「……お兄ちゃんが……」

「上京してから、帰ってないどころか、家に電話もしてないって聞いてるよ。この世界に入ったからには、おばあちゃんもお母さんも大先輩なんだよ。お父さんだって芸能関係者だしね。ちゃんと自分であいさつしないとね」

「……はい」

わたしは、首を縮めてそう答えた。

（テレビでのわたしを、お父さんもお母さんも見てる……よね。なんか恥ずかしいな。高校生のときのわたしとぜんぜんちがうし。芸人になるなんて、親も思ってなかっただろうから……）

「で、家でネタを家族に披露している所を撮るからね」

「ええ？　ネタを？」

わたしは、さあっと血の気が引いた。

家族にネタ披露って普通でも恥ずかしいのに、その相手が嶋本花世師匠、チェリーみつよねえさん、それに光白舎の専務なのだ。へたなオーディションよりもはるかにキツイ。

「あ、そうそう、進撃スタンダードも、来るそうだ」

「お、お兄ちゃん達まで……?!」

「コノカ、新ネタやる機会がないって、言ってただろ？　新ネタ披露は舞台でやって、生の反応を見るのがいいんだけど、うちの会社は劇場を持ってないし、光白舎さんみたいにライブにもあまり力を入れてないからね。まあ、ミニライブだと思って、気楽にやってみたらいいよ」

気楽に出来るはずがない。

それって、いじめに近いんではないだろうか。

「……はい、がんばります……」

わたしはそう答えるしかなかった。

――えらいことになりましたな……。

白ハリくんが、ため息をついているのがバスケットの網目ごしに聞こえた。

14. 実家

大阪を離れて七ヵ月とちょっと。

新大阪駅から、スタンバイしていたスタッフのワゴン車に乗せてもらって、家に向かった。

今日は家族の前で新ネタを見せなければいけない。そしてそれは全国ネット番組で放送される。本格的なネタ番組には呼んでもらえないし、劇場の仕事がないわたしにとっては、事実上の「新ネタ発表」の場だ。

ゆうべは寝ないで白ハリくんとネタ合わせをした。朝方にシャワーを浴び、久々に髪を洗った。新幹線の中で眠れると思ったが、子どもがサインを求めに来て、それにこたえていたら、結局、すこしも寝る時間がなかった。

頭の芯《しん》が、かっかして熱い。それに目がやたらに乾く。

「コノカ、緊張しすぎ」

天野さんがわたしの背中を、ぽんとたたいた。

「ずっと窓に張りついて、景色を見つめすぎ。何ハアハアしてんの。どっかに車で連れて行かれる犬とかじゃないんだから」

「え、あ、ああー」

言われるまでわたしは、自分がそんな行動をとっていたことにも気がついてなかった。

（家を出たときは、自分が何になるかなんて、考えてもいなかったし。まさかテレビ番組の収録でテレビのロケスタッフと一緒に、帰ることになるなんてなあ）

家族に会ったら……みんなになんて、言おうか。

ネタ披露も緊張するけど、どんな顔して、なんて言ったらいいのかわからなかった。

（天野さんにも言われた通り、もう芸人デビューした限りは、おばあちゃんもお母さんも、お兄ちゃんも、芸能界の先輩やし。お父さんも古い芸能関係者やし。きっちりあいさつして……それから、これからも、ご指導よろしくおねがいいたします。とかも言った方がエエよね……）

実際テレビに出るようになって、わたしはとても多くのことを、家族に教えてもらっていたのに、気がついた。

テレビの世界で働くものはどうするべきか、何が必要なのかなどなど。

自分には関係ないと思い、なんでこんなおかしな環境の家に生まれたのかと、いやでたまらなかった演芸の世界の空気を、たくさん吸って成長してきたことが、どれほど今の自分に役立っているか。

それと同時に、そういう芸人ファミリーの一員であったために、どこか自分も「演芸のことはわかっている」気になっていたが、それもまちがいだったことが身に染みた。

見聞きするのと、自分自身が芸をするのとは、ぜんぜんちがった。

ふつうの素人じゃないような気になっていたが、芸人としてはまったく素人だった。

お兄ちゃんに怒られたこと……チェリーみつよは腕のある芸人で、それぐらい簡単になれるなんて、とんでもない思い上がりだということも、わかった。

白ハリくんという気の合う、フォロー上手の相方がいなかったら、わたしなんて、これというギャグも持ってないし、世の中にまったく相手にされなかっただろう。

お嬢様芸人と風当たりがキツイこともあるが、実際、家族のおかげで特別扱いをしてもらっているのも確かだし、おばあちゃんや、お父さん、お母さんと、一緒に仕事したことがあるたくさんの人達に、あたたかく声をかけてもらったのも力になっている。

つまり、「家族のありがたみがわかって、感謝してます」ってことなんだけど。

(そういうことを……みんなに言えたらいいんやけど……。タイミングが難しいなあ)

ぐずぐず考えているうちに、地元の町内に車が入った。

少し歩けばにぎやかな商店街があり、昔からやっているたばこ屋さんや、薬局や、接骨院に「パーマ屋」といまだ呼ばれている美容室など、地元に密着した古いお店も、けっこうたくさん住宅の間にまじって、営業している。

「そこのつきあたりが家です」

指さしたら、なんだか人だかりがしている。

「あ、あれ、まさかうちの前?」

近づいていったら、わいわい立ち話で盛り上がっているおばちゃん達が、いっせいにこちらを見た。

「わ！　来た来た！」

「テレビ局の車やで！」

(うわー、おばちゃんら、めっちゃ溜《た》まってるやん！　うわ、あれ、町会長さんちゃうのん！)

窓ごしに、見える顔は、みんな見知った顔だった。

「……この人達、みんな知り合い?」

「え、ええ。みんなご近所の方で……、町会の役員さんとか……、そこの美容室の人とか……たばこ屋のおばあちゃんまで……、あっ!」

わたしは、おばちゃんらに交じってしゃべっている、ヒョウ柄とピンクの花がもつれあうようなややこしい模様のロングニットの背中を凝視した。

(あれ、お母さんやん! そうか! お母さんが今日の収録のことを近所に広めて、人を集めたんやな! もう!)

わたしは車を出て、叫んだ。

「お母さん、ちょっと! 近所の人集めて何してんのよ!」

すると、わたしに返事をせず、お母さんが指揮をとるように両手をふりあげて叫んだ。

「ハリ乙女が来ましたで! はくしゅー!!」

わーっと、みんなが拍手をした。

「お母さん、やめて。そういうの恥ずかしいし」

お母さんの腕をつかんで言った。

「何を言うてるのん。そんな派手な衣装着といて、言うことかいな。うちの若い頃の衣装の三倍はごてごてしてるがな」

顔をしかめてそう言われて、うっと詰まった。

今日はビスケットが飛び散った濃いピンクのジャンパースカートにブラウス、ハットとシューズには、ファンの人がくれたフェルトのハリネズミとミニバラの造花を留めている。

今日は特に、アクセサリーやストラップなど、ファンの人からのプレゼントを、わっさり身につけているので、はっきり言って、全身、大食いの人用の盛りすぎたパフェみたいになっている。

(……そりゃ、まあてんこ盛りな感じになりつつあるけど……お母さんに派手って言われるなんて、なんかショックかも……)

「コノカちゃん、えらいかわいなったねえ!」

「元気そうでよかった。あんたいつも顔色真っ白やったからなあ」

「テレビ見てるよ。がんばってな!」

次々に声がかかる。

(こんなに近所の人が、わたしのことを見ててくれていたなんて……)

「ありがとうございます。ありがとうございます」

握手し続けていると、選挙活動かいなと、声が飛んでみんな笑った。

さっそくお母さんが、ハリ・おとめ、ハリ・おとめをどうぞよろしくお願いいたします。ぜひ一票を! とやって、おばちゃん達といっしょにまた大笑いしていた。

「コノカ、そのへんでもう入りなさい」

玄関先から、お父さんが声をかけてきた。

「お前が外にいたら、どんどん人が寄ってくるからな、近所から苦情が来るといかん。それに収録の時間も限られてるやろ」

「う、うん」

「ああ、みなさん、今日は、わざわざ東京から、ありがとうございます。お世話になります。さ、さ、こっちからどうぞ。あ、そこのとこ段差に気をつけてください」

お父さんは、スタッフをてきぱきと家の中に招き入れた。

お母さんは、しばらく会ってない間にまたオシが強く、声も体も膨張した感じだったが、お父さんはいつもの目の奥がクールな笑顔。久々に会う娘の番組でも常に全体に気を配り、段取り大好きな感じはあいかわらずだ。

「お兄ちゃんは?」

「進撃スタンダードは営業の仕事が終わり次第、来てくれることになっている」

「あ、そう……」

(あぁーなんか……、ぐずぐずになってしもた。あらたまってあいさつとかきっかけ失いそうやねんけど……)

スタッフに続いて、居間に入った。

そんなに広くない部屋に、ほとんど男性ばかりのスタッフが詰め込まれると、満員電車みたいになりそうな感じだ。しかし、そこは収録慣れしている家庭だから、ちゃんとカメラや音声さんが動きやすいように、家具を寄せてスペースを確保してある。

「コノカ」

奥の部屋から現れたおばあちゃんが、仏壇の横から手招きした。すっきりとした明るい青色の着物を着ている。

「おばあちゃ……」

言いかけたが、やめた。せめて大先輩の師匠にだけは、きちんとしたあいさつをしたいと姿勢を正したとき、

「あんた、ハリネズミちゃんは？」

と聞いてきた。

「あ、あ！」

わたしはバスケットを持っていない両手を開いて、叫んだ。

「白ハリくん、車の中に忘れてた！」

「大事な相方を忘れるのんは、あきまへんで！」

「いや、その、お母さんが近所の人集めて騒いでるから、ついかーっとなって車から飛び出してしもて」

「言い訳は通用しませんで。ここは家やけど、あんた仕事中でっしゃろ」

怒られていると天野さんがバスケットを持って、飛んできた。

「大丈夫、ぼくが白ハリくんを連れてるから」

そう言って、バスケットを、かかげて見せた。

「すいません。白ハリくん、ごめんね！」

「ほんまにすいませんね、こんな調子で。兄の方はともかく、この子はずいぶん甘やかしたもんですから、どうも大事なとこのねじがゆるんでましてねえ。いろいろご迷惑おかけしてるんちゃいますか」

おばあちゃんが天野さんにあやまっているのが聞こえていたが、わたしはそれどころではない。

バスケットのふたを開けて、白ハリくんの様子を見た。

「だ、だいじょうぶ？ 長い移動で疲れたかな？」

――だいじょうぶです。ネタまではしゃんと……。

言いながら、白ハリくんはがくっと寝オチした。

（ああー、白ハリくん、疲れてる。大丈夫かな……）

「あの、すいません。ネタ披露は後に回してもらえませんか？ ぎりぎりまで、白ハリくんを静かな所で休ませたいんで」

ディレクターにそう言うと、ＯＫが出た。

「じゃあ、コノカの部屋に置いて休ませてやったらどないや。部屋は、そのままにしてあるさかいな」

「そうする」

おばあちゃんの言葉にうなずいた。

両親へのインタビューを先に撮ってもらうことにして、その間にわたしは、バスケットを持って二階の自分の部屋に入った。

急な階段を上り、木のドアを開けた。

部屋は薄暗かったが、カーテン越しの黄色い日の光で部屋の様子はよく見えた。

壁際に積みあげたマンガや雑誌も、去年のカレンダーも、小学生のときから使っている勉強机に鏡を立てかけて、鏡台がわりに使っていたのも、みんなそのままになっていた。

ごろごろ転がっている、お化けのキャラクターのクッションを、ベッドの端に寄せて、花柄のベッドカバーの上にバスケットを置き、そろそろとその横に腰を下ろした。

（ふわあ）

思わずあくびが出た。このままベッドにあおむけにごろんと転がり、夕御飯が出来るまで昼寝したい気分だった。部屋をじっくり見まわし、こう思った。

（どうってことのない、ダサめの子ども部屋……だな）

この部屋に、いつもいた。高校生のとき、はやくここじゃないどこかに行きたくて、じりじりしていた。中学生のときは、自分にはここしか居場所がないと思って、廊下にすら出たくなかった。小学生のときは、泣いたり、ぼんやりしたり、何か空想したりして、ただひたすら、自分が大きくなるのを待っていた。

この部屋が、自分の世界のすべてだったときもあるし、振り捨てたいどうでもいいものの山だとムカついていたときもある。

でも、こうやって見てみると、この部屋は本当にふつうの、特にすばらしいものも、変わったものも、ぞっとするようないやなものも見当たらない、ただの元子ども部屋だった。

（なあんだ……）

わたしは、ふっと一人含み笑いをした。

すごく変わった、暗い自分。友達もカレシもいない自分。動物の声が聞こえる自分。原宿や表参道にあこがれるだけの、得意なことも目標もない、とりえもやる気もない、ないないづくしの自分。特殊な家庭からも大阪から逃れられない、コンプレックスのかたまり。

それらが、すごく特別で大層なもののように、思っていたけど、あの頃悩んでいたことのすべては、この部屋のように「どうってことのない、ダサめの」ことだったのかもしれない。

（そろそろ行かなくちゃ、天野さんが呼びに来てしまう……）

わたしは白ハリくんの寝ているのを確かめて、立ち上がった。

ふと、ドアの横の低い本棚を見た。長らく注目してなくて、そこに並んでいる本は、壁紙みたいに見えていたが、「ハリネズミ」という文字が目の端に見えた気がして、ん？　と足を止めた。

よく見ると、一番下の段の左の端寄りに、「ハリネズミ・ハリくんのぼうけん」というタイトルの、薄い本があった。

ひっぱり出してみる。

ノートぐらいの大きさの、絵本だった。表紙に白いハリネズミの絵が描いてあるが、クレヨンで思い切り落書きされていて、よく見えない。

（あ、これ……。小さいときに読んでたやつ！　忘れてた！）

ぱらっと表紙をめくってみたら、白いハリネズミのハリくんが、笑っている絵が出てきた。

（わー、かわいい！　白ハリくんにそっくり！）

「コノカ！　何してるんや！　ハリネズミの具合でも悪いんか?!」

お兄ちゃんの声が階段の下から響いてきた。

（わ、お兄ちゃんも来た！）

もうちょっとページをめくりたかったが、さすがにこれ以上のんびりしていたら、家族全員からダメ出しをくらいかねない。

絵本は後でゆっくり見よう。

「白ハリくん、ちょっとあずかっててね」

わたしは、絵本をバスケットのはしにそうっと差し込んで、階段を急いで下りた。

1、両親へのインタビュー。（おばあちゃん、嶋本花世師匠は、テレビに映るのはOKだが、個別インタビューは拒否）

「小さいときから想像力豊かな？　変わった子でした。カラスがあいさつしてきたとかねえ。なんかほんで、恥ずかしがりでギャグとか、ようせえへん子でしたね。わたしのアイドル時代の一世を風靡《ふうび》したあのギャグも……」（ここからお母さん、豹柄《ひょうがら》ニットを脱ぎ捨て、あらかじめ下に着ていたさくらんぼ模様のミニワンピ姿に変身、プチショータイムになる）

2、進撃スタンダードとの兄妹話《きょうだいばなし》。

わたし「ペットショップで白ハリくんに一目ぼれしたんですけど、そのとき貧乏で。お兄ちゃんに、お金貸してもらって白ハリくんを買えたんです」
兄「そうそう、漫才ぐらんぷりで優勝したら、即お金貸してっていう話で。ほんで進撃スタンダードが出るって決まってた番組があって、おれの妹がおもしろい動画をあげてるって話に制作の人らが、それやったらいっしょに出たらって言うてくれはって。それがハリ乙女がテレビに出たきっかけです」

ふろむ今川「最初はぼくがコノカちゃんに、先輩な感じで、『どのカメラが今自分をうつしているか意識して』とか、アドバイスしてたのに、今や、すっかり逆の立場ですわ」
兄「妹に踏み台にされてますねん！」
わたし「踏み台兄ちゃん、ありがとう！」
兄「ありがとうやないわ！　踏み台兄ちゃんって、なんやねん！　そのますぎるやろ！」
ふろむ「怒るなよ、踏み台くん」
兄「お前まで、何いっしょになって言うとるねん。ほんでおれが踏み台くんやったら、おまえは踏み台の相方やないか」
ふろむ「踏み台スタンダードってコンビ名にしよか。その方が通りがエエで」
兄・わたし「うん、そやな」
ふろむ「納得すんのかい！」

3、家族のアルバムから古い家族写真をいくつか撮る。

4、おばあちゃんの三味線をみんなで正座して聞いて拍手。

撮影はどんどん進んだ。

そして5。

ハリ乙女のネタを、みんなで見ている所を撮ってラストだ。

「白ハリくん、ほんまに大丈夫？」

――はい、よく寝たから大丈夫です。

「急にネタ、ちょっと変えてごめんね」

――いや、ＯＫですよ。いけます。

そう言って見上げた白ハリくんの丸い目は、キラキラと光を取り戻していた。

「よし、行くよ」

――行きましょ！

わたしは白ハリくんといっしょに一階に下りた。

そして白ハリくんを手に乗せて、和室に集まったみんな……家族とスタッフに向かって元気よくあいさつした。

「こんにちは！　ハリ乙女です！　そしてこちらの白いウニみたいな子が」

「白ウニくんです！」（白ハリくん体を丸める）

「自分からウニに寄せていってるやん」

（白ハリくん、つっこみスルーして顔をだす）

「ねえさん、ここ演芸場ですか？　大師匠やらベテラン芸人やら、あ、売り出し中の若手実力派コンビまでいてはりますけど。あ、そうか、ぼくら前座なんやね」

「前座じゃないよ。前座よりもキツイよ。ふつう芸人の実家ロケなんて、家族はあたたかく見守ってくれるやん。でも、うち怖いよ。油断したら親に見せ場奪われるし。兄妹の会話もおもしろいとこ、どっちが取るか、ピリピリやし」

「あー、それはキツイですなあ。家の中やのに、ちょっとしたサバンナですな」

「そやねん。小さい頃からこうよ。あんたら！　テレビカメラにお尻《しり》むけるんやないっ！　ぴしっ！　カメラはお客様の目やで！　ぴしっ！」

　お母さんとお兄ちゃんが爆笑する。お父さんは苦笑いだ。おばあちゃんはうっすら口元に笑みを浮かべているが、これはおばあちゃんにとっては「大笑い」レベルのことなのでまずは笑いを取るのに成功だ。

　そしてここからがネタを変更してつけ加えた部分。

「まあでも、そのおかげでねえさん、今があるんですな」

「え、そう？」

「嶋本花世大師匠、チェリーみつよ師匠、進撃スタンダード先輩、それに嶋本専務のみなさんのおかげで、ぼくらみたいな未熟な者が芸能界を生きております。みなさま、コノカになり代わって、心より感謝を申し上げます。ありがとうございます」

「礼儀正しいハリネズミやなあ！」

「ねえさんがぼやーっとしてて、なかなかお礼を言うきっかけがつかまれへんからな。ぼくだけでもしっかりせな」

「ありがとう、白ハリくん」

「お礼を言うならあっちにどうぞ」

「みなさん、ありがとうございます。白ハリくんになり代わり、わたしがお礼を」

「だからそれ反対やろ！　ややこしなるわ！」

どおっと笑い声があがった。

見たらお母さんが泣いていた。その背中をお兄ちゃんがさすっている。お父さんは腕組みして、目を閉じていた。

おばあちゃんが、まあまあやな、というような表情で、軽くうなずいた。

わたしは、ほーっとした。そして一気に呼吸が楽になった。

長い間背負っていた、小さい割にはずっしり重いリュックサックをおろせたような気分だ。

「それにしても、白ハリくん。優しいね」

「ん、そうでっか？」

「いつもわたしのためになること、考えてくれて、うれしい。頼りになるわ」

「照れますがな」

（白ハリくん、笑顔）

みんな、手を叩《たた》いて笑ってくれた。やっぱり白ハリくんの笑顔は強い！

ここから、本当の新ネタ。白ハリくんとの恋人トークに入る。

「わたしね、昔からハリネズミが大好きやったみたい！　自分の部屋でこれ見つけたんよ」

わたしは、絵本を取り出した。

これは予定になかったが、ネタは、わたしがほかのハリネズミに浮気ごころを抱き、白ハリくんがやきもちをやくというものだった。

本来は持参した白いハリネズミの大きな写真を手に、

「かわいい、この白いハリネズミ。それにこの目もキラキラしてかわいい！」

とほめると、白ハリくんが怒りだすという段取りだった。

だが、せっかく見つけた絵本を使った方が、盛り上がるかと思ったので、とっさに小道具を変えたのだ。一ページ目を開いて、言った。

「見て、かわいい、この白いハリネズミ。目もキラキラしてかわいい！」

小道具ぐらいの変更は、前もって言わなくても白ハリくんはおどろかないはずだった。セリフの変更もたいしてしていない。

それなのに、白ハリくんはだまった。

（あ、あれ？）

「どうしたん？　だまりこんだりして。ははーん。わたしが、ほかのハリネズミをほめたから、怒ってるの？」

そう言ってみたが、白ハリくんの声が聞こえない。

（し、白ハリくん、具合でも悪いの?!）

しかし、手のひらの白ハリくんは、特に具合が悪い様子でもない。目をしっかり開けて、こっちを見ている。

（あ、あれ。そんな……）

じとっと汗が出てきた。

「ねえさん、それが初恋のハリネズミでっか」

しかたなくいつもの白ハリくんの声っぽく言ってみた。

「初恋のハリネズミって。もう、やきもちやかんといてよ」

声がうわずる。

腹話術なのだから、見ている人にはわたしが二人分しゃべっていてもおかしくない。

だが、わたしにとっては、初めてのことだった。

いつもは白ハリくんの言葉に乗せて、腹話術風に話している。

自分一人で話す「白ハリくんのふりをした声」は、空虚でこころもとなかった。

白ハリくんのテンポを、一人ではうまく保てないし、言葉の使い方も微妙に嘘っぽく感じる。

気あせりしたが、なんとか昨夜《ゆうべ》、決めていた白ハリくんのセリフは言えて、予定よりも短めにネタを切り上げた。

「……こうやって、ネタが出来るのも、嶋本ファミリーのおかげです。ありがとうございました」

そう言って、頭を下げた。一応、拍手してくれた。

家族はみんな、それぞれ何か言いたげだったが、誰もそれを口に出す間もなく、撤収になった。

新幹線の時間が迫っていた。

家を出るときに、みんなが口ぐちに言った。

「コノカ、もっと練習しいや」

「コノカ、体に気をつけて」

「コノカ、そしたらまた頼むわな」

「コノカ、相方を大事にな」

お父さんとお母さんとお兄ちゃんとおばあちゃんの声が重なり合ったが、誰がどれを言ったのか、ちゃんとわかった。

「白ハリくん……、大丈夫か？」

バスケットのふたを開けて、中をのぞいた。

——すいません、ねえさん。

かすれた声で白ハリくんが返事した。

——なんか、急に……その、声が出えへんようになってしもて。

（やっぱり、調子が悪かったんやな）

「とにかく寝とき」

そう言って、丸くなる白ハリくんにミニ毛布をかけてやった。

（ずっといっしょに働いてるもんな。白ハリくんかて、調子悪なるわ……）

新大阪の駅のコンビニで生野菜のカップサラダを買ってやろう。あと、ネットでハリネズミフードの、元気が出そうないいやつを……冷凍マウスとか、ミルワームとか……を注文しよう。

管理人さんに不在の荷物をあずかってもらえれば、受け取れるだろう。

そう思って移動車に乗りこもうとしたら、天野さんがわたしを呼びとめた。

「これ、忘れ物！　持って帰らないの？」

天野さんは、さっき小道具で使ったハリネズミの絵本を、わたしに差し出していた。

「あ！　すいません。ありがとうございます」

わたしは絵本をリュックの中に入れた。

15. 絶好調の日

大阪から帰ってすぐ、思わぬことが起こった。

そもそも高校生モデルで人気の大森《おおもり》ゆのちゃんが、

「ハリ乙女、大注目！　コノカちゃんも白ハリくんもかわいすぎる！　大好きです！」

とテレビで言ってくれたのがきっかけだった。

そこで、ゆのちゃんが専属モデルをしているティーン雑誌に呼ばれ「ハリ乙女と仲良しゆのちゃん」という写真を撮った。

「白ハリくんもおしゃれしたら？　ピンクとか似合いそー」

と、ゆのちゃんがアイデアを出して、白ハリくんの針の先にピンクのパウダーをはたいて、「ピンクハリくん登場」という写真も、ついでのように撮った。

そのことを、わたしはすっかり忘れていた。

用意されたコスチュームを着て写真を撮る仕事はひっきりなしにしていたので、その写真がなんという雑誌の何月号に載るかとか、ほとんど確認したこともなかったのだ。

この、ピンクハリくんの写真が大人気になった。

気がついたときには、ＳＮＳで拡散され、女子中学生、高校生の間で話題になっていて、ハリ乙女のツイッターのフォロワーの数が、もはや桁《けた》が数えられないぐらいにふくれあがっていた。

テレビ番組から「ピンクハリくんで来てほしい」という出演依頼が殺到した。

ラインスタンプをおそるおそる売りだしたら、バカ売れしたのでさっそくキャラクターグッズを売り出した所、これがまたよく売れた。

たったの一ヵ月で、わたしとピンクハリくんの姿を、どこにいってもあちこちで見るようになった。

テレビの中だけじゃなく、ビルや駅の広告看板やポスター。雑誌やマンガやDVD。プリクラの機械。スナック菓子の袋。文房具におもちゃ。

いつ撮ったのかぜんぜんおぼえていない自分とピンクハリくんの笑顔であふれた。

天野さんが移動中、運転しながらしてくる仕事の話もすっかり内容が変わってしまった。

「ええと。『スマイル！　ハリ乙女』がさっそくアニメになる話が出てるよ」

「はい」

「スマイル！　ハリ乙女」は、うれしいとピンクになる白ハリくんと、その飼い主ハリ乙女が主人公のマンガ。わたしと白ハリくんが、三頭身のラブリーキャラになって活躍する。少女マンガ誌で連載がはじまったばかりだが、女子小学生に人気が出て、本物のわたし達よりもマンガのキャラの方を先に知ったという子どもも現れているらしい。

「あと『アイリズ』のファッションショーに、出演依頼」

「はい」

「アイリズ」は、東京に来て初めて買った、あの大好きなパンジー柄のスカートのブランドだ。

雑誌のインタビューで、そのスカートの話をしたら、「アイリズ」の会社の偉い人がそれを見て、わたしに衣装を提供してくれる話になった。今、わたしは「アイリズ」以外のロリータブランドの服を着て、テレビに出てはいけないことになっている。

「ハリ乙女とコラボデザインの、服のデザイン画も届いてるから、一応、後で見といてね。コノカの描いたハリネズミのイラスト、うまくアレンジしてくれてたよ」

「はい」

「CMやドラマの出演依頼、写真集に歌を出す企画。いい話がたくさんあるけど……コノカが喜びそうな話はたぶんこれだな」

天野さんが、にやっと笑った。

「『爆笑でんぱ・クリスマス三時間SP』から出演依頼」

「え」

わたしは耳を疑った。

今までわたしは、「珍しい動物&思いつきのネタでたまたま人気が出ちゃった人」扱いで（実際そうだったが）本格ネタ番組『爆笑でんぱ』には、相手にしてもらえなかったのだ。

「わたし、ネタやっていいんですか?!」

「ハリ乙女がここまで人気者になったら、出るだけでも番組視聴率があがるからね。まあ、思い切りやっておいでよ」

「うわ、ありがとうございます！　うれしいです！」

実家でやった新ネタは、けしていい出来とは言えなかった。

白ハリくんの声が途中で出なくなったため、動揺して、間も声の出し方もぐずぐずになってしまったとはいえ、内容も工夫が足りなかったし練習も足りなかったと、放送を見て反省した。

それでわたし達は、どんなに忙しくても、絶対にネタを作り、練習する時間を作った。一日最低十分でも、毎日やった。

自分達の顔が世の中にあふれればあふれるほど、ただ現れるだけで歓声や拍手が巻き起こり、自分の話す声が聞こえないままに退場なんてことも、増えてきた。

中身の伴わない、上がりすぎた人気と知名度を、家族はきっとものすごく心配しているだろう。

若手とはいえ、劇場で毎日いろんな年齢層のお客を相手にしている漫才師、ライブでお客さんをがっちり集めているコント集団、地方営業で鉄板爆笑ネタをいくらでも持っているものまね芸人。こんな人達が、練りこんだネタを披露する『爆笑でんぱ』で、笑いを取れたら、家族はきっと喜んでくれる。

そして、わたし自身も、大きく変われる気がした。


その日は、笑いの神様が味方してくれていたような感じだった。

白ハリくんがまた大阪のときのように、声が出なくなるのではないかという不安もあったが、白ハリくん自身が「絶好調です！」と言ってくれていた。

それにスタジオの空気が、あたたかかった。

ピンクでない白ハリくんは久しぶりで、ピンクハリくんでないとみんながっかりしないかというのも不安要素だったが、番組観覧のお客さん達も、審査員も、わたし達が登場したとき、わっと喜んで拍手してくれたのだ。

ネタはことごとく、はまった。

用意した言葉の一つ一つ、表情、声の調子、全部に笑い声がついてきた。

「もーう、白ハリくん、抱きしめたいっ！　けどそんなんしたら、めちゃ痛い！　いっそ針刈り取ってスキンボディにしたげよっかなー」

「そんなんしたら、ただの小太りのハムスターでっせ。ぼくの個性が死にますがな」

白ハリくんが、むっと顔をしかめた。

これは白ハリくんが眠いときにする、ぼこっと目の上の部分が飛び出す顔なのだが、おおげさにやると、むっとしたような怒ったような表情に見える。

「何やの、その顔！」

わたしも、それを見て同じ顔をする。この顔だけでも、眉《まゆ》の位置をいろいろ変えてみたり、見せる角度を変えたり、何十回と調整した。

白ハリくんとわたしの怒り顔が交互にアップになり、場内が大爆笑に包まれた。

スタジオ観覧席では、手を打って喜ぶ人や、笑いすぎて涙をぬぐっている人もいる。

審査員達も、大笑いしている。

わたしは、ネタの後半になるにつれ、だんだん場内の様子がスローに見えてきた。

のけぞったり、手を叩《たた》いたり、涙をふきながら笑い続けるお客さん。うなずいて何かをメモする審査員。カメラマンのうすく笑っている口元。さんさんと真夏の太陽のように、降り注ぐ、黄金色のライト。

それらが、静止画に近いほど、すみずみまで目に飛び込んできた。

スタジオの中にいる人みんなと、何か大きなあたたかいものにくるまれているような、一体感がじわっとこみあげてきた。

天井に反響する笑い声もゆっくりと耳にこだまして、それに自分の声と白ハリくんの声が重なり、ぶ厚いハーモニーを作った。

笑いが大きくうねればうねるほど、客席の人達が風にそよぐ麦の穂のように笑いに身をよじらせるほど、わたしは、何か壮大な遺跡の前に立っているような、しんとした気持ちになっていった。

最後に、どんと打ち上げ花火のような大きな笑いが起こった。ネタが終わったのだ。

「ありがとうございました!」

「**ありがとうございました!**」

頭を下げると、落雷のような拍手が湧いて、審査員がスイッチを押した。五人の審査員の後ろにあるモニターに、ぱんぱんっと花火のように「大爆笑」の花が咲いた。

「ハリ乙女さん、全員大爆笑です! おめでとうございます」

人気女性アナウンサーの声が、場内に響いた。

審査員をしていた有名な劇作家がコメントした。

「なんか、一本の芝居を見てるような感じだったね。ヘンだけど、リアルにおもしろくて……。笑えるんだけど、切ない感じでね。きみ達の情熱がね、ここに来ました」

劇作家は、自分の心臓のあたりを叩いて見せた。

「ありがとうございまる……」

泣けてきて、鼻がつまった。

「ねえさん、よかったですな」

白ハリくんの声も自然に飛び出す。

「泣くんやないで。ぼくも泣ける」

白ハリくんがくるんと丸まり背中を震わせた。

場内からまた爆笑と大きな拍手。

小さい頃に想像した、いいことばかりおきて、いい人しか住んでいない、夢の世界にいるようだった。

（そうか、おばあちゃんもお母さんもお兄ちゃんも……こういう気持ちを味わってたんや）

わたしは、その後どんな顔をしていたか覚えていない。

そのあと、ちゃんとお客さんに頭を下げたのか、足がもつれずに歩けていたのか、記憶にない。

気がついたら、控室でみんなに囲まれていた。

今回の出演者のみんなが待っていて、口々にほめたり、くやしがったり、感心したり、それぞれの感想を伝えてくれた。

わたしは、夢の続きがまだあったのかと、思った。

あんなにネタで爆笑をもらった上に、同業の先輩達に、本気で声をかけてもらえるなんて信じられなかった。どの人達の目も輝いていて、まっすぐにわたしを見ていた。

泣き出したわたしの頭や肩や腕に、たくさんの手が置かれたり、叩かれたり、撫《な》でられたりした。

（こんな日が来るなんて）

わたしは幸せだ、と、はっきり思った。

今まで、それなりに幸せだと思っていたけれど、ちがったのだと思った。

けして不幸だったわけじゃないけど、こんな風に胸が張り裂けそうな、切なさでいっぱいになるような、ただ泣くしか出来ないような、うれしさを味わったことがなかった。

この先に何か、大変なことがあっても、つらいことがあっても、この瞬間の気持ちを思い出したら、幸せがよみがえって生きていけるような気がした。

それぐらい、わたしがいっぺんに受け止めきれないほどの、大きな大きな幸福感だった。

天野さんが迎えに来て、わたしは次の収録のスタジオに向かった。

——ねえさん。芸人になって、よかったですな。

白ハリくんが、しみじみした調子でそう言った。

「うん。わたし、芸人になってよかった」

「よかったね。本当によくがんばったよ」

ミラーにうつる天野さんの目元が、ちょっとうるんでいた。

「ありがとうございます。白ハリくんもありがとうね」

白ハリくんはもう返事をせず、くたっと毛布に顔を埋めて眠っていた。

「……白ハリくん、疲れたんやなあ」

つぶやくのを聞いて、天野さんが心配そうに言った。

「その後、白ハリくんの調子はどう？　大阪のとき、すこし具合が悪そうだったよね？」

「あれから、ずっと調子はよさそうでしたけど、でも……。でんぱのためにすっごくがんばったから、疲れがたまってるかも」

「あのさ、この仕事終わったら提案しようと思ってたんだけど、そろそろコノカだけの仕事も来てるから、白ハリくん、ちょっと休ませる時間をとってあげたらどう？　夜行性の動物なのに、寝る時間もバラバラで、そうとう無理させてるし」

「……わたしだけの仕事ですか？」

「その気なら、たくさんあるよ。会社からも、白ハリくんに頼りすぎないで、ピンの仕事も増やしていくようにって言われてる」

「……」

　わたしは、返事が出来なかった。

「白ハリくんを一人にさせるの、心配？」

「いえ……」

　白ハリくんがじゃなくて、自分一人で何かすることが不安なのだとは、言えなかった。

　大阪の家で、ふいに白ハリくんの声が出なくなり、一人で会話をやったときの、心細さ、不安定な感じを思い出しただけで、ちりっと冷や汗がひたいににじんだ。

（あれから、本番中に声が出なくなったことはないし……。それに白ハリくんの声がびんびんに頭に響いて、頭痛がしたりとか、そういうのもないし……。疲れて爆睡はわたしもだし……。何も悪いことは起きてない……よね）

考え込んでいたとき、天野さんがふいに言った。

「コノカ、かかりつけの獣医さんとか、あるの？」

「え？」

「今はともかく、もし白ハリくんが調子が悪くなったら、獣医さんに診てもらわなくちゃだよね。よく知ってる所、ある？」

「獣医さん……行ったことがないんです……けど、あ、ああ」

わたしは、思い出した。

「前に勤めてたペットショップの人のお家《うち》が獣医さんなんです。もし白ハリくんに何かあったら、連絡をって電話番号もらってます」

「ああ、あのお店の。オーナーさんの関係？」

「いえ、バイトの先輩の、星村さん……」

そうだった。

星村動物病院の電話番号をもらっていたはずだ。あのメモはどこにやっただろう？

わたしは、リュックの中に手を入れてスケジュール手帳を取り出した。ここのどこかに挟んでいるはずだ。

「あ、あった！」

スケジュール帳に挟んだ、名刺や紙や雑誌の切り抜きといっしょに、メモが出てきた。星村くんの書いた、とめはねのしっかりしたきちんとした字が、なつかしかった。

「そろそろ、着くよ」

天野さんが言い、わたしは、はいと返事をして、メモをスケジュール帳に挟み、リュックに入れた。

次の収録は、人気芸人コンビの冠番組のゲストだ。

コントやゲームのコーナーが小学生に人気の番組で、わたしは、宇宙人、ハリハリ星人になって宇宙船に乗り、おもしろ言葉をみんなにつないでいくゲームに参加する。

ゲームのルールは了解ずみなので、ほとんど打ち合わせなしで、すぐに支度をして収録に入る予定になっていた。

「ちょっと待っててね」

控室にバスケットを置き、メイク室で「ハリハリ星人」のメイクをしてもらっている間中、考えていた。

(そやよね白ハリくん、そうとう疲れてるよね。ほんまにこのままやったら、病気してしまうかも。わたし一人でやれることやって、白ハリくんを休ませてあげなあかんよね……)

「白ハリくん。どう? 起きてる?」

声をかけても返事がない。バスケットを開けて、息をのんだ。

「……白ハリくん?」

白ハリくんの様子がおかしかった。

白ハリくんがぐったりとしている。

息遣いもおかしかった。

そっと体をつかんで手のひらに乗せようとしたら、ぱらぱらっと白いものが細かく飛び散ったので、ほこりかお菓子の粉でも、白ハリくんにくっついていたのかと思った。

だけど、そうではなかった。

白ハリくんの背中から、白い小さなかけらのようなものは落ち続けた。

針が抜け落ちているのだと気がついたときは、凍りついた。

「し、白ハリくん！」

目を閉じてじっと固まっている白ハリくんの背中から、雨が降るように、さらさらと針が流れて落ちていた。

「あ、あ、あ」

白ハリくんを手に乗せたまま、なんとか針をそれ以上落とさないように、バスケットの中にもどしたが、針はどんどん抜けて、バスケットの中に小山を作った。

針がすかすかになった白ハリくんは、地肌を震わせていた。

わたしは、控室を飛び出した。

「天野さん！　天野さん！　白ハリくんが！」

廊下に響き渡るような声で叫んだ。

すぐに天野さんが飛んできた。

「白ハリくんが、どうしたの！」

「大変です、病気かも！　ああ、どうしよう。針がどんどん抜けて……」

そう言いながらバスケットのふたを開けた。

「……」

天野さんが黙って、白ハリくんを見つめた。

「ひどいでしょう？　なんだろう、皮膚の病気かも」

そう言いながら中を見たら、白ハリくんが鼻をつんとあげて、こっちを見ていた。

「あ、れ？」

「針が抜けたって、これ？」

天野さんが、バスケットのすみに落ちている二本の針を指した。

「これぐらいだったら、たまに落ちてるよね。そんなに抜けたの？」

白ハリくんは、わさっと背中の針をゆらして、こっちを見ていた。

「う、そ。今、針がぼろぼろっていっぱい抜けて、白ハリくんも苦しそうにしてて……」

「うーん、今見る所、元気そうだけどね……」

天野さんが首をかしげた。

――ぼくはいつでも本番ＯＫです。

そう言う白ハリくんの目はいつものように、ぬれたように光をはじいてくりくり動いていたし、真っ白な針はぴんときれいに立ち並んでいた。

「……見間違い……だったのかな。白ハリくんが疲れてるだろうと思って気にしてたから……」

いくら探しても抜けた針は、天野さんが指した、二本だけだった。

「コノカの方が、疲れがたまってるのかもな。明日は十二時すぎに迎えに行くから、よく寝て」

「え、午前中に取材だったんじゃ……」

「いや、日にちが変更になったんだ。とにかく今夜はよく休んでね」

そう言って、天野さんは先にスタジオに向かった。

「あ、ありがとうございます……」

わたしは、白ハリくんをもちあげ肩に乗せた。

「白ハリくん、本当に大丈夫？」

——やる気まんまんですよ。

そう言って白ハリくんは笑顔まで見せた。

番組収録は順調に終わった。

ゲームの間、白ハリくんはよくしゃべった。

わたしが、ぼんやりしそうになるのをさっとフォローして、どんどん、おもしろいたとえをしたり、罰ゲームもいいリアクションをいっしょにしてくれた。

ディレクターには、すごくほめられ、ハリハリ星人キャラでこのままゲームコーナーのレギュラーになってもらってもいいとまで言われた。

「ありがとうございます」

「ありがとうございます！　ねえさん、ぼくら、絶好調ですな！」

白ハリくんの言葉に、ディレクターもスタッフも笑った。

本当に、何もかも、うまくいった一日だった。

うまくいきすぎるのが、こわいぐらいだった。

（そうや、今、わたしらは絶好調なんや。何も心配することはない）

さっきの針が抜け落ちて震えていた白ハリくんの姿を、頭から追い払った。

（寝てないから、あんなもん見えたんや）

何も、悪いことなんか起きない。そう強く自分に言い聞かせた。

16. 星村くん

その夜、わたしはひさしぶりに浴槽にお湯をためて、ゆっくりとお風呂《ふろ》に入った。

（明日《あした》はお昼まで、ゆっくり出来る）

そう思っただけで、ほえーっと安堵《あんど》の声が漏れた。

暖房をきかせた部屋はあたたかく、はだしでキャミソール一枚でも、快適だったが、ふわもこのピンクのナイトウエアをはおり、同じ素材のくつしたをはいた。雑誌の撮影で使ったものだが、すごく気にいって買い取らせてもらったものだ。首にひっかけているタオルは、「ピンクハリくん」グッズの見本。

（そうだ。CMのスポンサーさんがくれたチョコレートがあったっけ。それにジュースも……）

ピンク色のチョコレートを一個、口に放り込むと、かしゃかしゃかしゃと、白ハリくんが回し車の中を駆ける音が聞こえてきた。

（よかった。白ハリくん、車の中で走りたいほど元気なんや。あの音聞くの、ひさしぶり……）

たっぷり使ったトリートメントのフローラルハーブの甘い匂いが、うっとりと痺《しび》れるほど薫る。

静かで、おだやかで、満ち足りた気分だった。

一瞬目を閉じて、うとうとしかけたが、はっと気がついた。

(あ、そうだ。洗濯物)

脱いだインナーやくつした、タオル類を洗濯機の中にまとめてほうりこんだ。

すぐに洗濯機はいっぱいになった。

(あ、そうだ。今日こそハンカチも洗おう!)

わたしはリュックサックの中に手を入れて、くちゃくちゃになったミニタオルを取り出そうとした。すると、リュックの底のあたりで、固いものが指先にふれた。

(あ、れ、これなんだろ?)

取り出したら、絵本だった。

「『ハリネズミ・ハリくんのぼうけん』!」

(そうか。大阪の家から持って来て、そのまま、リュックに入れっぱなしやったっけ)

表紙をじっくり見ると、赤や緑のクレヨンで大きな×を、主人公のハリくんの絵に重ねて殴り書きしてある。

(ごっつい落書きやな! なんかわたし、これ書いたとき、めっちゃきげん、悪かったんかな)

わたしは絵本を手にマットレスにぼすん! と腰を下ろした。

ページをそっと開く。

一見開き目の笑っているハリくんは、改めて見ても、白ハリくんとそっくりだ。

つい、微笑んでしまう。

二ページ目、三ページ目。

なつかしい、思い出の中のハリくんのすがたが次々に現れた。

びっくりして目を丸くしてとびあがっているハリくん。

おいしいものを食べて、満足そうに眠っているハリくん。

(ああ、そうかあ……。ハリネズミなんて見たことないのに、白ハリくんに初めて会ったときから、なんだかなつかしい感じ……初めて会ったんじゃないような気がしたのは、絵本のハリくんを見てたからかな)

文章を読んでみる。

「ハリネズミのハリくんは、ひとりぼっちでした。森のなかまはたくさんいるけど、みんなするどいはりをこわがって、なかよくしてくれません」

(あれ、こんな話だっけ。絵は覚えてるけど、内容はぜんぜん覚えてないなあ)

くりかえし読んだのだろう、ページのすみは折れたり破れたりしているし、クレヨンで花の絵など、すみっこに描いてある。

ページをめくっていくと、ハリくんは、ほんとうに仲良くなれる友達を求めて、生まれ育った森を出て、町にぼうけんに出た。

そこで一人の女の子、るみちゃんと出会う。

「『ぼくのはりがこわくないの?』

『ううん。あなた、とてもすてきよ。はりはまっ白くてきれいだし、目がかわいいわ』二人は、すぐにともだちになりました」

わたしは声をあげて笑った。

（なんか、ほんまにわたしと白ハリくんのことみたいやわ！）

次のページは、ハリくんとるみちゃんが仲良く遊ぶシーンだった。

しかしそこには、赤いクレヨンで、絵がかくれるほど大きく書いてあった。


ハリくんのバカ！


わたしは首をかしげた。

「？」

たぶん、小さいときのわたしの字だろう。

でも、大好きだったはずの絵本に、どうしてそんなことを書いたのかわからない。

ページをめくるごとに、落書きがひどくなった。

るみちゃんと仲良くなったことで、ハリくんは、針をねかせてほかの人を傷つけないようにすることをおぼえた。

るみちゃんの危機には針を逆立てて悪者に立ち向かった。

それを見ていた町の人に好かれ、ついには森の動物達とも仲良くなる。

そうやって、ハリくんがどんどん成長し、人気者になっていくにつれ、落書きが大きく過激になっていく。

コノカとずっとともだちだっていったくせに！

ハリくんのうそつき！


最後、おおぜいの人や動物に囲まれ笑っているハリくんの絵には、針がなかった。

針の絵の所が、こそげたように破られている。破れた場所がフェルトペンでピンクに塗られている。

笑顔のハリくんは、皮をはがされたように見えた。

そこには、こう書いてあった。

はり、みんなぬけてしんじゃえ

（……なんで、わたし、こんな呪いの言葉を……）

赤い、ぎくしゃくした文字はまがまがしい感じだった。

とても自分が書いたのが、信じられない。

しばらく考えていたが、ページをもどしてもう一度読み返してみた。

そして、はっとした。


コノカとずっとともだちだっていったくせに！

ハリくんのうそつき！


（……そうだった……）

思い出した。

思い出すのも、いやで、たぶん記憶にふたをしてたのだろう。

これは確かに幼いわたしがやったことだ。

わたしは、絵本のハリくんが好きだった。好きでたまらなかった。

毎日、ハリくんと話をしていた。

のらねこやカラスの声が聞こえていたのと似たような感じで、絵本のハリくんの話す声が、わたしには聞こえていた。

そして、愛想の悪いのらねこや、こわいカラスとちがって、ハリくんはゆかいで優しくて、とてもいい友達になった。

そう、わたしにとって、初めての、心からなんでも話せる友達。

だから、許せなくなったのだ。

わたし以外の仲良しが出来るのが。

ハリくんとすぐに仲良くなる、るみちゃんのことは、わたしみたいだと、最初は思っていた。

でも、すぐにるみちゃんは自分じゃないと気がついた。

わたしは、るみちゃんみたいに、明るくない。元気良くない。家族そろってハリくんを大事にするような、そういう家の子じゃない。

るみちゃんみたいにハリくんをいつも肩に乗せ、表を堂々とあるけないし、近所の人もみんなハリくんに「やあ、ハリくん」と声をかけてくれるような、すてきな町に住んでいない。

町で自信をつけたハリくんは、とうとう森の動物達とも仲良くなる。るみちゃんも、動物達をお家《うち》によんで、最後にみんなでパーティをする。

ハリくんは、本の中の世界でとても幸せそうだった。

それが、つらかった。

わたしとずっと友達だよって言ってくれたのに、ハリくんはわたしの肩に乗ってくれない。

ページをめくれば、どんどんるみちゃんとその家族と、町の人と、森の仲間と仲良くなっていく。

わたしだけの友達にはぜったいになってくれない。その上、わたしといるより、幸せそうだ。

(それで……ハリくんの針を抜いて……死んでしまえって思ったんやな……)

わたしは絵本を閉じて、顔を手でおおった。

なんて悲しい、なんて孤独な、なんてバカな子なんだろう。

毎日そんなことばかり考えて、ぼんやり時間を過ごして、自分の部屋にこもって、誰の言うことも聞かず、誰の顔もちゃんと見ないで。

たった一人で生きている気になっていた。

空想の友達とですら、うまくやれなかった。

そんな幼い自分の哀れさに、胸がひりひりと痛んだ。

(やきもちやいたんやったら、せめて、ハリくんやなくて、るみちゃんとか、町の人達にやいたらエエのに、ハリくんを呪うんなんて……ほんま、闇やん……)

そこまで考えたとき、どきんとした。

今日、番組収録の前に、白ハリくんの針が抜けたように見えた。

あれはなんだったのだろう？

（あのときの白ハリくん、絵本の……落書きに似てた。なんで、絵本とそっくりのシーンが見えたんやろ？　この絵本のことなんか、すっかり忘れてたのに）

気がついたら、回し車のかしゃかしゃいう音が止まっていた。

静けさに、いやな予感がした。

「……白ハリくん？」

声をかけたが、返事はなかった。

「白ハリくん？　寝てる？」

わたしは、部屋のすみのケージの中をのぞきこんだ。

白ハリくんは、ケージの中に敷いた、猫トイレ用の紙砂と週刊誌の記事の切り抜きの中に埋もれるように、あおむけに倒れていた。

おなかが苦しそうに、大きく上下している。

「白ハリくん！」

わたしは、白ハリくんをつかんでもちあげた。

いつもの、針の感触がなかった。

手触りがおかしい。柔らかすぎる。

そうっと下に向けて置きなおした。

「！」

悲鳴が、のどにふくれあがって詰まった。

白ハリくんの背中には針が一本もなく、ピンク色の肌がむきだしになっていた。

(どうして?!　なんで?!　絵本と同じことになってるの?!)

しばらく、ぼう然としていたが、やがてわれに返った。

「お、医者さん!」

このままでは白ハリくんが死んでしまう。

(そうや!　星村くんのメモ!)

わたしは、スケジュール帳をひっぱり出して、メモを探した。

手が震えて、何度も番号を間違えて、星村動物病院に電話した。

夜中でも受け入れてくれる、救急動物病院を、検索して探すとか、天野さんに連絡するとか、やりようはあったかもしれないが、そのときは星村くんに連絡する以外のことは、何も思い浮かばなかった。

いくらコールしても、誰も出なかった。

明け方近い時間だということに気がついたのは、眠そうな星村くんの声が、聞こえてきたその後だった。

「もしもし……」

「星村さん?　あ、あの、こんな時間にごめんなさい。あの、あの、わたし嶋本です」

「ああ、嶋本さん。どうかしたの?」

星村くんの声は、落ち着いていた。

「白ハリくんが」

そこまで言ったら、呼吸がおかしくなって、吐きそうに咳《せ》きこんだ。

「白ハリくんの具合が悪いんだね」

「……ひ、ひ、ひどいの。苦しそうにハアハア言ってて……」

「すぐにうちの病院に連れてきて。おやじを起こす。って、場所がわからないか。ええと、今、どこにいるの？」

「原宿。原宿のマンション。梅桃芸能の社員さん用の部屋を貸してもらってて……」

「ああ、アパートから引っ越したとこだよね。そこ、コニィまで歩いてこれる距離？」

「はい。大丈夫、行けます」

「じゃ、コニィまで迎えに行くから、店の前で待ってて。三十分後ぐらいには行けると思う」

そこで電話が切れた。

わたしは白ハリくんをガーゼのタオルにくるんで、バスケットに入れた。使い捨てカイロの新しいのを、追加して入れ、水のボトルもバスケットの端に突っ込んだ。

ナイトウエアの上から、ダウンコートを着てリュックを背負い、マンションを飛び出した。

外は、真っ暗で、月も雲に隠れていた。

闇の中をもがくように走った。

走りながら、思った。

絵本に自分が書いた落書きと同じことが起きたりするのはぜったいに、おかしい。

もともと絵本のハリくんと話したりしていた自分は頭がおかしいわけで、ひょっとしたら、何もかも全部幻なのじゃないか。

当てもなく東京に出てきて、たまたま入ったペットショップで白ハリくんと出会って。こんなに短期間で有名人になって。かわいいロリータ服を着て、みんなに笑顔と拍手で迎えられて。うまくいきすぎて怖いことばかりだ。

その上、白ハリくんがこんなことになるなんて。

でも、これが全部幻なら……わたしが妄想したことなら、納得がいくしありえる。

いや、むしろ現実じゃない方が自然だ。

だから、こうやって、走ってる先には何もないのじゃないか。

全部夢で、目が覚めたら、絵本を前に倒れている、悲しい子どもにもどってるんじゃないのか。

夜の闇と不安とに溺《おぼ》れそうになったそのとき、外灯の明りでほんのり浮かぶ、コニィのオレンジ色の看板が見えた。

店はシャッターが閉まっていた。

古びたシャッターの、ざらりとした手触り。そして店のにおい。

わたしは、正気を取り戻した。

(だめだ、しっかりしないと！　そ、そうだ、天野さんに連絡をしておかないと)

わたしは、天野さんにとりあえず、白ハリくんの具合がおかしいので、星村動物病院に今から行くというメールを送った。くわしいことは、白ハリくんをお医者さんに診てもらってから、連絡すると、追加で送った所に、星村くんが現れた。

ややねこ背ぎみに首を落として、長い手足を振り子のように揺らすいつもの歩き方でやってきた。

もじゃもじゃの小爆発した前髪に、黒いフレームのめがねがセットで目に飛び込んできたとき、くずれおちそうにほっとした。

「白ハリくんは？　どう？」

「わからない。苦しそう。それに全部針が抜けて……」

わたしはバスケットをあけた。

星村くんは、ぐったりしている白ハリくんをじっと見て、うなずいた。

「車、裏に止めてる、乗って」

わたしは、星村くんの後を追いかけて、店の裏に回り、駐車場に止まっていた「星村動物病院」と書いてある白い車に乗った。

「これつけて」

星村くんは車のエンジンをかける前に、自分が巻いてたマフラーをはずしてわたしてくれた。

「え、どうして」

「髪がぬれたままですごく寒そうだから。それにうちの待合室はわりと冷えるんだ」

そう言われて、わたしは濡《ぬ》れた髪が、氷が張ったように冷えていることに気がついた。紺のチェックのマフラーを首に巻いたら、ふわっと首と顔の周りが温かくなった。

車を運転している星村くんに、わたしは、ごめんなさいとありがとう、を繰り返し言ったあと、言葉が出なくなった。

星村くんも何も聞いてこなかった。

だまって、車に揺られていると、自分はまだコニィで働いている、バイトの女の子のような気が、一瞬した。

下町のお風呂もないアパートで、白ハリくんとリンゴを分け合って暮らしている。

そして、白ハリくんが病気になって、星村くんに相談して、星村動物病院に向かっている……。

今がただ、それだけだったら、どんなにシンプルな人生で、よかっただろうと思った。

(あんな絵本、見つけへんかったらよかった)

「わたしのせいやの」

気がついたら、そんなことを口に出していた。

「白ハリくんが、こんな風になったのは、わたしのせいやと思う」

「忙しかったからね。テレビにもたくさん出てたし。コニィのみんなも心配してたよ」

星村くんは、うなずいてそう言った。

「そうやないの。いや、それもあるかも。めちゃめちゃ働かせて、くたびれさせたのもあるけど、そうやないの。そうやないの」

「どういう意味?」

「わたしは、小さいときからヘンな子どもで、動物の声が聞こえたり、絵本の中のキャラクターとお話ししたり、そんな子やったの」

急にそんなことを言ったので、星村くんはだまった。どう返事していいかわからなかったのだろう。

「白ハリくんとも、初めて会ったときから、白ハリくんの声が聞こえて……。お話ししてたの。白ハリくんにはなんでもどんどん思ったことを言えて、そのうち、白ハリくんの声が、頭の中でびんびん響くようになって、それを口に出したら、頭の痛いのがましになるってわかって。それで白ハリくんの言う言葉をそのまま口に出して、会話するようになった。……うちがもともと芸人の家で、子どものときに腹話術師の人に、腹話術の基礎は教えてもらってたから、それを腹話術やって見せかけることは簡単に出来たの」

わたしは、なぜ、こんなことを言っているのだろう？

今、こんなときに、星村くんに。どうして？

何もわからなかったけれど、誰にも言わなかったことが……家族にも天野さんにも秘密にしていたそのことが、急に体の中からあふれ出し、止まらなかった。

「それで？」

「わたしにとって白ハリくんは、誰よりも大事な友達なんよ。相方ってだけじゃなくて。だけど、わたしは、子どものときに絵本のハリくんって子が好きになりすぎて、絵本の中でハリくんが幸せになるんを許せなくて、ハリくんの針がみんな抜けて死んじゃえって呪うような子やったから……。どっか、おかしいし、それで……」

「もしかして、白ハリくんがこうして重体になっているのが、きみが呪ったせいだとか思ってるの？」

「大事な白ハリくんを呪うはずがないって、思う。でも、わからんようになってしもて。でないと、絵本に呪った通りに白ハリくんの針が抜けたりしないと思う。それかわたしがおかしい病気とかで、自分が知らん間に、白ハリくんをいためつけてたとかかもしれへん」

そこまで言ったときだった。

――ねえさん、それはちがう！

「それはちがう！」

白ハリくんの声と、星村くんの声が重なった。

「きみは、白ハリくんと最初に会ったときから、彼の声が聞こえたって言ったね」

「え、あ、はい」

「きみだけにその声が聞こえた？」

「そう。ずっとそう」

「彼の声を口に出すようになったのって、いつから？」

「ええと……。あれは、確か白ハリくんを買ってしばらくして……お店で急に頭が痛くなって……そう、花園さんにその……しゃべってる動画を撮られた……あのときから」

「じゃ、きみはそれまで白ハリくんの声をただ聞いているつもりだったんだね」

「え？」

わたしは星村くんの方を見た。

星村くんのめがねに、信号の色がうつって赤い光をはじいた。

「きみは、そのつもりだったかもしれないが、ちがう。きみは最初から、白ハリくんの声を自分で出してしゃべっていた。初めてコニィにお客として来たときから」

「え？　え？」

「きみは、とても小さい声で、白ハリくんと初めて会ったときから、二人分の言葉を口に出して言っていた」

「う、そ」

「本当だ。きみは、ごくごく小さい声だが、白ハリくんのケージの前で一人でずっとしゃべっていた。ぼくは、きみが本当に、この白ハリくんを気にいっているんだな、と思ってそれを見ていた。気にいった動物に話しかけるお客さんはいるけど、その動物の気持ちまで口に出すなんて、珍しい人だなと思ってね」

わたしはまた混乱した。

わたしが、しゃべっていた？

初めて、コニィに来たときから白ハリくんの声を自分で出していた？

信じられなかった。

「そのうち、動画できみが有名になって、腹話術をやるタレントとしてデビューしたんで、ぼくは、きみは最初から、芸人になりたい気持ちがあって、白ハリくん相手に腹話術の練習をずっとしていたのかと思っていたんだ」

「でも、本当に白ハリくんがわたしに話しかけてきて……」

「そうじゃない。きみにはそう感じられたかもしれないが、きみは初めから、ずっと一人で話していた。白ハリくんはきみのことが大好きで、きみの望むことをいっしょうけんめいしようとしていた、かわいいふつうのハリネズミだ。ぼくはそう思う」

「そんなはずない！　だってだいじなときはいつも助けてくれたし、いろんな話をしてくれたし、わたしには思いつかないようなアドリブだって……」

星村くんは車を止めた。

「それもみんな、きみ自身の考えや気持ちだ。きみの作った白ハリくんというキャラクターの言葉だ。だから、きみの呪いで、白ハリくんが具合が悪くなったんじゃないし、きみが白ハリくんに危害を加えたりもしない」

星村くんは、手を伸ばして、バスケットのふたを開けた。

「彼をちゃんと見るんだ」

わたしは、白ハリくんを見た。タオルにくるまれて、ぐったりしている。ガーゼのタオルの生地をつらぬいて、針の先がたくさん出ていた。

「あ……」

「針なんか抜けてない。それもきみの思い込みだ」

わたしは、頭が真っ白になった。

「白ハリくん……」

話しかけたが、何も答えない。ただ、息を荒くして目を閉じているだけだ。

「行こう。おやじには診察室で待機してもらっている」

星村くんは、車を下りた。

わたしはバスケットを手に、続いて車を下り、星村動物病院の前に立った。

窓から、明りが洩《も》れていた。

17. お別れ

星村くんのお父さんは、星村くんが星村くんのまま獣医さんになって、年をとったような人だった。太いフレームのめがねをかけ、白髪がまじったくせ毛を頭の後ろでしばり、猫背に白衣を着て、ゆらっと立っていた。

お母さんも白衣を着て、受付に立っていてくれた。わたしのことをテレビでよく見て知っていますよ、とあっさり笑って、診察室に案内してくれた。

わたしは、何度も何度も頭を下げて、診察室に入った。

消毒液や除菌剤などの薬品の匂い、それに、コニィを思い出す、生きている動物の匂いがまじりあっていた。

薬品や診察の道具が並んだ棚の前に、低い台があった。

そこにハリネズミを乗せてやってと低い声で指示されて、言われたとおりにした。

白ハリくんの針は、一本も抜けていなかった。

白ハリくんは、ちょっとだけわたしの方を見たが、何も言わなかった。

お父さんが、白ハリくんに、

「どれ、どうした」

と話しかけて、ひょいっと大きな手のひらに乗せて、白ハリくんの顔を見た。

それから、白《ハ》ハ《リ》リくんの最近の様子……食欲はあったか、便は出ていたか、便は柔らかかったか、気温の管理、特に寒さの対策はちゃんとしていたかを尋ねながら、診察を始めた。

「……うぅん、体温が落ちてますね……」

そう言いながら、おなかのあたりを触診した。

白ハリくんは、嫌がる様子もなく、じっとしていた。

荒かった息も、落ち着いてきたように見えた。

急に星村くんに腕をつかまれたので、びっくりした。

「大丈夫？」

「え……？」

「今、きみ、倒れそうになったんだよ。わからなかった？」

言われて、自分が床にひざをついているのに気がついた。

お父さんに診察がすむまで、待合室で待っているように言われた。

長椅子に横になって待っていたら？　と星村くんにすすめられ、毛布を持ってきてあげなさいとお母さんが言うのが聞こえた。

「貧血かしら？　おでこが冷たいわ。暖房を強くするわね」

お母さんに言われて、わたしは、いえそんな、けっこうです、お気づかいなくとか、いつも睡眠時間がめちゃめちゃなんで、寝ないでいるのは慣れているんですとか、口から出るままに答えていたが、待合室の長椅子に腰を下ろした瞬間に、意識が飛んだ。

わたしは、夢を見た。

初めから、それは夢だと、ちゃんとわかっていた。

わたしは六歳だった。

絵本と動物の好きな、女の子。けっこうよくしゃべる。お母さんやおばあちゃんのギャグの真似も積極的にやって、ご近所の大人達にもかわいがられている。

ある日、男の子に出会った。

年は同じぐらい。まっすぐで固い髪がつんつん立っていて、細いあごがしゅっとしている。手足も細くて色が白い。

人間のすがたをしていても、すぐにそれは白ハリくんだとわかった。

ねえさん。その子は言った。

ねえさんって、年が同じぐらいなのに、とわたしが笑った。

いや、ねえさんは本当に姉さんなんです。ぼくの、ふたごのお姉さんなんですと、白ハリくんが言った。

ハリネズミなのに、弟なんてヘンや、とわたしはつっぱねた。

いやいや、ねえさん、鏡を見てください。ぼくら、そっくりですよ。

白ハリくんがそう言って、指さす方を見たら大きな鏡があった。魔女が呼びかけるような魔法の鏡だ。

鏡の中の、わたしと白ハリくんはそっくり同じ顔をしていた。

くりくりとした、丸い黒い目。つんと突き出た鼻。それに全身をおおう白い針。

わたしも白ハリくんもハリネズミが進化して人間になったような、すがたになっていた。

（わたしも針がある！）

「ああ、そうか！」

わたしは叫んだ。

「わたしもハリネズミやったんや！」

すると、わたしの顔に、絵本のハリくんの顔が重なって見えた。

絵本の中のハリくん。ハリくんは、針がこわいとみんなに言われて、友達が出来ないことを悩んでいた。

あれは、わたし自身のことだったのか。

ハリくんには、るみちゃんという理解者が現れ、じぶんの針を寝かせたり、立たせたりすることを覚え、だんだんハッピーになっていく。

それが、いやだった。腹立たしかった。

よく考えたら、大好きなハリくんに、自分以外の友達が出来てやきもちをやくんなら、るみちゃんに嫉妬《しっと》するはずだ。

そうじゃなくて、ハリくんに腹を立てたのは、自分とそっくり同じのはずのハリくんが、勝手に幸せになったこと。自分がハリくんみたいになれなかったからだったのか。

あれ？　気がついたんですか。

白ハリくんが意外そうに言った。

白ハリくんはまた、人間のすがたになっていたが、今度は背の高いお兄さんになっていた。青年の白ハリくんは、銀に近い、輝くような白い髪をしていて、すらりと筋肉質なきれいな体をしていた。

この針のせいで、誰とも友達になれません。

誰とも抱きしめあえません。

白ハリくんは、自分の腕や背中にぎじぎじと生えている鋭い針を、くやしそうに指さした。

「ほんまやね」

わたしの体にも、針がいっぱい生えていた。

誰も刺していないのだけれど、針の付け根が、うずくように痛い。

その痛みは、初めての感覚ではなく、おなじみの、なつかしいような痛みだった。

「こんなんやったら、誰も抱いてくれへんよね。ハリネズミ人間の悩みや」

ぼくもそう思ってました。

でも、もう、だいじょうぶみたいです。

白ハリくんが、わたしに笑いかけた。

無邪気で無防備なかわいい笑顔だ。

ほら。

白ハリくんの体から、針が抜け落ちた。さらさらと、砂糖が流れ落ちるみたいに全部の針が抜けて、白い粉がキラキラと飛び散った。

ぼくは、ねえさんが大好きです。

ねえさんといっしょに、おれてよかったです。

そう言って、わたしの針だらけの体を抱きしめた。

「針がささるから……あかん！」

そう言ってはねのけようとしたが、白ハリくんの力は強かった。

ぎゅっと、強く抱きしめられて、わたしは、目を閉じた。

わたしの背中をゆっくりなでる白ハリくんの手のひらの感触で、わたしは自分も針が抜け落ちたのだと感じた。

（そうか……、さらさらいうんは、わたしの針が抜けて散ってる音なんやな……）

いつのまにか、わたしの足もとに、白い粉が降り積もっていた。

わたしも、白ハリくんの背中に手をまわした。

つるんつるんの、なめらかな、磁器のような肌だった。

ねえさん。ゆるしてな。

ずっとそばにおれへん、ぼくをゆるしてな。

白ハリくんがささやいた。

わたしの目から、涙があふれた。

「今まで、ありがとうな。白ハリくんといっしょにすごせたん、ほんまに幸せやった」

ぼくもです……という、小さい声と共に、白ハリくんの笑顔が消えた。

目を閉じた白ハリくんは、足元からさらさらと崩れて、白い粉になった。

頭のてっぺんまで、粉になって、風に乗ってどこかに飛んでいった。

そこで、目が覚めた。

一瞬、自分がどこにいるのかわからなかったが、待合室の長椅子に倒れ込むようにして寝ていたことに、すぐに気がついた。

「ああっ！　わたし、わたし、寝てた？」

必死で体を起こして、大きい声で言った。

「大丈夫、五分しか寝てない」

長椅子のはしに座っていた、星村くんが答えて、待合室の壁にかかった時計を指さした。

「白ハリくんは？」

「うん、レントゲン写真を撮るってお父さん、言ってたよ。いま、点滴して様子を見てるみたいだ」

「そう……」

（へんな夢だった……）

わたしは、目がちゃんと開かないので、両手でぱん！　とほおをたたいた。

（へんな夢やった。白ハリくんが……あんなイケメンになって……抱き合って……ほんで、ええと何言ってたっけ）

――ねえさん。ゆるしてな。

ずっとそばにおれへん、ぼくをゆるしてな。

耳の中に吹き込まれたように、夢の中の白ハリくんの言葉が、生々しくよみがえった。同時に粉になって風に吹き飛ばされた、白ハリくんの映像がよみがえった。

ぞっと背筋が凍ったそのとき。

診察室のドアが開いた。

わたしは、ばねのようにとび上がって立ちあがった。

お父さんが、わたしのすぐ近くまで歩いてきて、言った。

「残念ですが……たった今、息を引き取りました」

声が出なかった。

うそだ、と言いたかったが、口の中がからからに渇いて、のども舌もまるで動かなかった。

「ここに来たとき、ずいぶん弱ってましたが……、出血もないし、嘔吐《おうと》もなかったし……。急な心停止です」

「そんな……」

お父さんを押しのけるようにして、わたしは診察室に入った。

診察台の上で、白ハリくんは横向きに倒れていた。

「白ハリくん？」

返事はない。動かない。

そっと、短い毛でおおわれている胸からおなかにかけて、指でなぞってみた。

体はまだあたたかかったが、鼓動は消えていた。

体を持ち上げたら、細い手足がだらんと垂れた。

いつも小鳥みたいに軽い白ハリくんの体が、ずしっと重く感じた。

「原因はなんだったの？」

星村くんが、ちょっと怒ったような声で尋ねた。

「くわしいことは開腹してみないとわからないが、おそらく腫瘍《しゅよう》が内臓に出来ていたんだろう」

「しゅようって……ガンのことですか?」

「細胞検査しないと、はっきりとは言い切れないけれど、悪性だった可能性はありますね」

お父さんはうなずいた。

「そんな……。だって、ごはんはよく食べてたし、運動もしてたし……。体重も減ってなかったです。この所、よく寝るとは思ってたけど、おなかも壊したことないし……」

「ここ一ヵ月ぐらいで急に進行した可能性もあります。腫瘍によっては、なんの前触れも、それらしい症状もなく、亡くなってしまうことも、あります」

お父さんは淡々と、説明した。

わたしは、白ハリくんの体を、抱いた。

小さくて、やわらかかった。針はわたしを刺さないように、傘を閉じたように、体に沿っていた。

わたしは、移動中に車の中で、星村くんに言われたことを思い出した。

(白ハリくん……)

——白ハリくんはきみのことが大好きで、きみの望むことをいっしょうけんめいしようとしていた、かわいいふつうのハリネズミだ。

——彼をちゃんと見るんだ。

わたしは白ハリくんを見つめた。

星村くんの言った通りだとしたら。

白ハリくんの声が聞こえてびっくりしたこと。出会ってすぐに、気が合って話に夢中になったこと。白ハリくんの声が頭に響いて、声に出すようになって、いっしょにネタを考えたり、練習したこと。わたしが困ったときに、いつもいいことを言って助けてくれたこと。

それがみんなわたしの思い込みで、わたしが頭の中で作り上げたのだったとしたら。

（わたしは、なんてことをしたんだろう。なんてひどいことを）

わたしは、白ハリくんを抱いたまま、うなだれた。

涙も出なかった。


天野さんからの着信が山ほどあったのに気がついたのは、星村くんにマンションまで送ってもらう車中でだった。

ひざの上に置いたバスケットの中には、白ハリくんのなきがらが入っている。

ずっと撫《な》でているが、まだ体が温かい気がする。

車の振動で、白ハリくんの体がゆれたり動いたりする度に、実はまだ死んでないんじゃないかと胸のあたりをさぐってみるが、心臓の鼓動はない。

「……仕事、大丈夫なの？」

星村くんが聞いてきて、ようやく天野さんに連絡をしなくてはいけないことを思い出した。

スマホには、たくさん天野さんからの着信と、メールがきていた。

最後のメールをひらいたら、「ともかく星村動物病院に向かうので、そこで待っていてください」とあったので、あわてて電話を掛けた。

コール一回で、天野さんが出た。

「天野さん……。白ハリくん、亡くなりました」

天野さんが、一瞬言葉を失った。

「それで、今、どこ？　病院？」

「星村くんがマンションまで車で送ってくれてます……。白ハリくん、腫瘍がおなかの中に出来てたらしくて……。直前まで元気で、何も症状が出ないようなこともあるって、星村くんのお父さんは言ってくださったけど。病気に気がついてやれなかったです……」

説明する声がかすれた。

「そうか。残念だ。いい子だったのにね」

「はい……」

「……昼からの収録は、出られそう？」

「はい……。決まってる仕事、なんとかやります」

「そうか！　やるか」

ほっとしたように、天野さんが短く息を吐いた。

「じゃ、とにかく、一人でOKな仕事を予定に入れていく。白ハリくんがいないと困るようなのは、事情を話してキャンセルか、内容を交渉するよ」

「いえ、決まってるものはやりますが、先の予定は入れないでください」

わたしはスマホを持ち替えた。

そっと白ハリくんの針をなでた。

「ああ、そうか。そうだね。この先、どういう方向でやっていくか考えないとね。これを機に、一人でタレント活動していくか、それとも……今のタイミングで言うには酷だとは思うけど、……新しい相方を見つけるという道もあるかな」

「新しい相方ですか？」

「そうだ。二代目の白ハリくんを見つけるというのも一つの方法だ。今決まっているいろんな企画を考えたら、その方がいいかもしれない」

「いいえ。それは、ないです」

はっきりと言った。

「それは考えられないです。もう二度とこんなかわいそうなことを、ハリネズミにさせたくありません」

「じゃ、ほかの動物はどう？　もう少し丈夫そうな生き物とか」

「わたしの相方は、白ハリくん以外に考えられません」

「じゃ、一人でやっていくってことでいいの？」

天野さんの声に、微妙にいら立ちがにじんできた。

天野さんに腹を立てるのはまちがっている。天野さんは、一刻も早く、この状況を仕事を依頼してくれている相手に、伝えなければいけない。そして、うまく、今後につなげようとしてくれている。

そういう立場の人なのだ。

ここでわたしが、今後は一人でがんばっていきますと言えば、そのように伝えて、今後ともよろしくお願いいたしますと、あちこちに頭を下げてくれる。

「いいえ。わたしは、ハリ乙女をやめます」

「えっ」

天野さんの声がひっくり返った。

運転中の星村くんも、こっちを見た。

「やめてどうするの?!」

「わたしは白ハリくん以外の相方と、あの芸は出来ないし、したくないです。一人でやるのも無理があると思います。ハリネズミといっしょじゃないわたしって、そもそも『ハリ乙女』って言えないと思うし」

「だから、やめてどうするの」

「……ペットショップで働きたいです。ふつうに動物の世話をして、ペットフードを売って」

「今、きみが行ったらコニィさんに、前よりもっと迷惑がかかるよ！　有名人なんだから！」

「いえ、コニィにもどれたらうれしいけど、迷惑かけたくないですからやとってもらおうなんて思ってません……。そうじゃなくて、もっとちゃんとしたことを……動物のケアを勉強する学校に通います。それで、もう、二度と動物と会話なんかしない。ぜったいしたくない。ちゃんと世話する動物のこと見て……気持ちよく暮らせるようにしてやって……」

「よく考えた方がいいよ。今、そういう気持ちになるのはわかるけど。その件は、また話し合おう。とにかく後でマンションに迎えにいくから、そのときにね」

通話が切れると同時に、力が抜けてスマホを持った手が、だらんと下がった。

もう、腕一本上げる力も、出ない。

「嶋本さん。あのさ」

「……?」

「ちょっと、言っていいかな?」

会社だけじゃなく、星村くんにも、何か意見されるのかと思ったら、気が遠くなりそうだった。

「……へんな話、聞かせてしもてごめんね。こんなにいろいろしてもらって……、仕事のごちゃごちゃした話まで……。星村くん、これから学校やよね。それにバイトもあるのに……。ほんま、ごめんね。ありがとう」

「嶋本さん、あのさ」

「わかってる! 芸人やめるなんて、甘いよね! こんなにたくさん仕事もらって、会社にも大事にしてもらって、家族も喜んでるのに。ペットショップにつとめたいとか、学校に行きたいとか。毎日動物の命を救うために、すごく勉強してる星村くんからしたら、勉強なんかまともにしたことないわたしが、そんなん言うの、アホみたいやよね。いやなことから逃げるために、学校行くとか、単にその場しのぎの思いつきで、めっちゃしょうもないよね!」

わたしは、史上最高の早口と、きれのいい滑舌で言い募った。

「いや、そういうことじゃなくて、ぼくが言いたいのは……」

「もう、わかってる! 何も言わんといてよ! ああ、もう! なんでここで車止めるの?! どうせこれからマネージャーさんや、会社に意見されるんやから、車止めてまで、じっくり星村くんに意見を聞きたくない!」

わたしは、吠《ほ》えた。

「……いや、マンションに着いたから」

星村くんが、目の前の建物を指さした。確かにわたしのマンションだった。

うっと、言葉が詰まって、かあっと燃えていた気持ちががくんと下がった。

「……えと、どうしてここだってわかったの?」

大体の場所しか言ってないのに……と続ける前に、星村くんが自分のスマホをわたしに示して見せた。

「今住んでいる所、梅桃芸能の社員さん用のマンションだって言ってたから。Googleで調べたら、会社の宿舎でここの住所が出てきた」

「……あ、そう……」

わたしは、うなずいた。

「……ありがとう……」

「うん」

静かに星村くんがうなずいた。

(そうやった。お店にどんなトラブルがあったときでも、人が押し寄せてパニックっぽくなったときでも、星村くんって……いつでも落ち着いてて……。そやった。こんな人やったわ……)

「……ごめん。なんかキレてしもて……」

「いや、誰だって大事な相手を急に失ったら、感情的になる」

きっぱりと、星村くんが言った。

「しかも、きみがしているのは、人を笑顔にする仕事なんだから。今日の仕事は特につらいと思うよ」

「……う、うん」

ものすごく、まっとうなことを言われて、とまどってしまった。

「さっき、ぼくが言いたかったことは、白ハリくんをどうするかってことだ」

「え、どうするって……？」

「ちゃんと……火葬してやった方がいいんじゃないかなって思う。きみはずっと白ハリくんと離れたくないだろうが、ずっとそのまま連れて歩くのもつらいんじゃないか？」

「……それは」

そこまで考えてなかった。

「夜中でも受け付けてくれる、動物の斎場がある。夜、仕事が終わったらいっしょに行こう。白ハリくんとちゃんとお別れするんだ。先のことを考えるのは、彼との別れがすんでからでいいんじゃないのか」

(白ハリくんとお別れ)

その言葉が、胸にぷすっと刺さった。

(そうか。お別れせなあかんのや)

バスケットを抱く腕が、ぶるぶると震えた。

「早すぎるかな？　それなら明日《あした》か明後日《あさって》でも……」

「ううん。ううん。今夜にする……。ごめん、斎場に連れて行ってください……」

わたしは、バスケットのふたを閉めた。

眠っているだけのようにも見える、白ハリくんの姿が、それで見えなくなった。

時計を見た。

そろそろ、支度しないといけない時間だ。

「じゃあ、またあとで」

「よろしくおねがいします」

わたしは星村くんに頭を下げて、車を降りた。バスケットを持つ手の細かいふるえは、まだ続いていた。

18. 春

今日はお休みなので、コニィに顔をだした。

〈新しいハリネズミが入荷したんだけど、見に来る?〉

オーナーから、茶色のハリネズミの写真添付のメールをもらったので、明日《あした》お休みだから、行きます！　と返事したのだ。

ぽかぽかとした春の風が気持ちよかった。

お天気もよくて、散歩にいい日だ。干してきた洗濯物も、よく乾くことだろう。

コニィには、お客さんがちらほら集まっていた。

わたしが店に来ると聞いて、常連さん達が、やってきたのだ。

わたしは、みんなにあいさつして、ハリネズミのケージを見に行った。

「かわいい！」

思わず声を上げた。白ハリくんほどじゃないけど、茶色い子もかわいい。

わたしは、ハリネズミとしばらく遊ばせてもらった。

そして、お客さんのリクエストで、茶色ハリネズミくんと、短い会話をしてみせた。

みんな大喜びだった。

「やっぱり、ほんもののハリネズミが相方だと、ハリネズミがしゃべってるように見えて楽しいね！」

「この茶色い子を、新しい相方にしたらいいのに」

そう言ってもらえたが、わたしは、

「ううん、それはないです。相方は白ハリくんだけ」

そう言って、リュックの中から綿《めん》素材の白ハリくんを出した。心の中では綿《めん》ハリくんと呼んでいる。

けっこう忙しく働かせているので、針の先や鼻が汚れてきている。

「ね、白ハリくん。ほかのハリネズミを相手にしたら、やきもちやくでしょ？」

すると綿ハリくんが、身をよじってくくくっと笑った。一見、ぬいぐるみに見えるのだが、指をつっこむポケットがあるので、指先で表情や動きを作ることが出来るのだ。

「ねえさん、何言うてますの。ぼく以外の男は好きになられへんって言うてたくせに！」

　この綿ハリくんは、白ハリくんよりも、きつめのギャグをポンポン言うし、自分がモテ男だと勘違いしているハッピーなキャラだ。客層によっては、軽めだけど、下ネタなんかも言ったりする。

　お客さん達が、爆笑した。

「うまい！」

「嶋本さん、ますます腹話術上手になったわねえ」

　お客さんが、心から感心してくれるのが、素直にうれしい。もっと芸がうまくなりたい、もっとがんばろうと思える。

「ありがとうございます」

「みなさん、今日はぼくのために集まってくれてありがとう！　そこの彼女、ツーショット写真撮りましょうか?!」

　綿ハリくんがご陽気に言う。

　わたしが作ったキャラでわたしの考えた言葉を言わせているのだけれど、ずっとこの仕事をしてたら、だんだん綿素材でも、自分で意志を持ってしゃべってるんじゃないかと思うときが、たまにある。それが腹話術の魅力だと、師匠も教えてくれた。

「嶋本さん、白ハリくん、ほつれてきてるよ」

　大山さんが、心配そうに言った。

「なんか顔も微妙に縮んできてない？　ねえ、よかったらわたし新しい白ハリくんを作ろうか？」

「え、大山さん、そんなん出来るんですか？　すごいですね！」

「高校のとき、手芸クラブだったのよ。これ、中にもっと深く手を入れられるようにしたら、どうかな」

「わあ、そうしたらいよいよこの白ハリくんがダメな感じになってきたら、お願いしようかな。そのときは、この白ハリくんにそっくりな感じでお願い出来ますか？　ちゃんと材料費と製作費は用意しますから」

「この顔のまま？　左右の目の高さがどんどんちがってきてる気がするんだけど、いいの？」

「あはは｜。この白ハリくん、ファンの人が作ってくれて。この糸がひきつったような顔の白ハリくんを見て、もう一回腹話術やろうかなって決心したんで。このブッサイクな顔に愛着があるんですよね」

「あ、そうなの。そんな思い出のある大事な子だったら……そうね、簡単に変えない方がいいわね」

　大山さんがうなずいた。

「じゃ、せめてそのすそのほつれだけ、ちゃちゃっとやっちゃうから、直させて」

それでわたしは、大山さんに綿ハリくんをわたした。

話を聞いていたオーナーが、ほおと感心したように言った。

「嶋本さんが、芸人の世界に復帰したのはそういうきっかけがあったの！」

「はい。わたしがクリスマス特番の生放送で『亡くなった白ハリくん以外の相方とは組みたくないから、もうハリ乙女はしないつもりです』って勝手に宣言して……。会社の偉い人らにめっちゃ怒られて、もう会社に所属出来なくなって……。元のアパートに引っ越しした日かな。アパートの入口でファンの人らが待っててくれて。『こうして白ハリくんを作ってきたから、やめないでください』って、泣きながら言ってくれて……」

そのときの、泣きはらした、ハラショー達の顔を思い出してたら、本当に笑ってしまう。

ハラショーだけならまだしも、ふたごのようにそっくりの男性が、泣きながらいっしょに立っていて、誰かと思ったら、前にうちの郵便受けを荒らして、止めようとしたハラショーと取っ組み合いのけんかになり、警察に捕まった人だった。

（あんたら、親友になってたんかい！）

と、つっこみそうになったが、二人が一生懸命作ってくれた綿の白ハリくんを見た途端、わたしも泣いてしまった。

（あの日は、えらい雨やったな……。ものすごく寒かったし。引っ越しの段ボールもぐちゃぐちゃに濡《ぬ》れて、さんざんやった。でも、本当に腹話術をやり直そうって、決めた日やったから、最悪の日っぽいけど、そうじゃないんやよな）

ハラショーと郵便受け荒らしの人（彼がかたくなに名乗らないのでそう呼んでいる）は、今もわたしを応援してくれている。

かつて小学生だったわたしに、腹話術を教えてくれたスピーディ赤塚師匠を尋ねて、弟子入りさせてもらったと、ツイッターにあげたら、この二人が即リプライをくれて、「がんばってください！」と応援コメントをくれた。

「嶋本コノカ」のフォロワーはハリ乙女時代に比べたら百分の一ぐらいの人数だが、それでもあたたかいコメントをくれる人達が、じりじりと増えてきた。

ゴールデンタイムのバラエティ番組だの雑誌モデルだのの華やかな仕事はなくなったが、余興の仕事がけっこう途切れなく入ってくるし、幼稚園や小学校に呼ばれることも増えてきた。

この間はスピーディ師匠にお供して、地方のローカル番組収録に行ったら、師匠の一番弟子として一緒に出演させてもらえた（ってほかに弟子がいないから一番弟子なんだけど）。これが嶋本コノカとしての、テレビ初出演だ。

その日は、地方営業に行っていたお兄ちゃんが、その放送を見て、おめでとうメールをくれた。まだまだ光白舎を潤すことが出来ないような、地味芸人だけど、無茶な移籍を認めてくれた会社を儲《もう》けさせられるようになりたいと思っている。

さんざんみんなとおしゃべりして、茶色ハリネズミくんとも遊ばせてもらって、大山さんの休憩時間に綿ハリくんのほつれも直してもらっていたら、けっこういい時間になった。

そろそろ、星村くんが出勤してくる時間だ。

わたしは落ち着かない気持ちになった。

「あの、じゃ、わたし、そろそろ……」

「あれ、星村くんに会っていかないの？」

「あ、ええと、その、時間が……。もう行きます」

「ああ、そう。久しぶりだから、ちょっと顔を合わせていけばいいのに」

そう言うオーナーに、大山さんがにやりと笑った。

「いつでも会えるから、お店で会わなくてもいいわよね？」

「え、ええ？」

わたしは、びっくりして声が裏返ってしまった。

「え、何？　どういうこと？」

オーナーが首をかしげるのを見て、大山さんが笑った。

「オーナーは気がついてないけど、わたしはわかってますからね。つきあってるんでしょ。星村くんと」

「え、ええーっ」

オーナーが目と口を丸く大きく開いた。

「そ、そんな、どうして……」

わたしは、後じさりしながら、そう言うのがやっとだった。

「どうしてかって？　星村くんのメガネが急にきれいになったの。いつもくもってたって気にしなかったのに、きれいにふいてある。それに前髪が短くなってさわやかな感じになった。家庭教師のアルバイトじゃない日も、きちっとアイロンのかかったシャツ着始めたかと思うと、店が終わったら急いで帰るし。ははーん、これはカノジョが出来たんだなって思ったわ」

「へえー。大山さん、よく観察してるねえ。でも、それだけじゃ嶋本さんが相手とはわからないでしょ」

「星村くん、前はむだなこといっさい話さなかったのに、よく話すようになってねえ。で、話題に、ときどき演芸のことが混じるのよね。あの芸人さんはおもしろいですねとか。芸人の仕事というのは、人を笑顔にするという大変な使命があってどうのとか、言い出すし。あと、まちがいないと思ったのは、休憩時間でもないのにスマホ見て、ため息ついたり、うっすら笑ったりするようになったのよね。で、こっそりのぞいてみたら嶋本さんのツイッターをチェックしてるか、嶋本さんの動画を再生して見てるの。何回も」

「ほおおー。それはそれは」

オーナーがわたしを見た。

「これはどう考えたって、二人はつきあってるでしょ？　ほら、恥ずかしがらずに本当のこと、言いなさいよ」

大山さんがわたしの顔を、両手でぱふっとはさみこんだ。

わたしは、じたばたと手を動かしたが、大山さんははなしてくれない。

そのうち、かーっと顔が熱くなった。

あの日のことを、思い出してしまったのだ。

あの日……、星村くんはコニィの仕事が終わってから、マンションの前にまで来てくれた。

わたしは部屋でメイクを落とし、黒っぽいシャツとスカートに着替えて、白ハリくんといっしょに彼を待っていた。

彼は、また星村動物病院の車で、来てくれた。

そしていっしょに斎場に行き、白ハリくんを火葬場に送った。

黒い上着を着た係の人が、白ハリくんを寝かせた台の前で、どうぞお焼香をと、お線香をすすめてくれた。

わたしと星村くんは、白ハリくんに手を合わせた。

おりんを鳴らすその高い音が、じんじんと耳の奥に響いた。

バスケットから出したとき、白ハリくんは固くなっていた。やわらかかったおなかが、冷たい石みたいな手触りだった。

「白ハリくん、さよなら。ありがとうね」

なんとか、それだけ言った。

「ねえさん、さよなら」

白ハリくんの声が聞こえたのかと思って、はっと身構えたら、それは星村君の声だった。

「きっと、彼はそう言ってるよ」

星村くんは、あくまでまじめな顔でそう言った。

「……う、ん、そうやね」

わたしはうなずいた。

それからがらんとした薄暗い控室で、白ハリくんが灰になるのを待った。

星村くんが、まったく何も話さないので、わたしは言った。

「星村くん、本当にありがとう……」

口に出してから、あっと思った。ずっと星村さんと呼んでいたのに、いつから星村くんって言ってたんだろうかと思った。

そのタイミングを、まったく覚えていない。

しかし訂正するのも、何かおかしい気がしたのでそのまま話を続けた。

「星村くんに病院の連絡先をもらっていてよかった。白ハリくんの最期を、星村くんのお父さんに診てもらえて、よかったと思う。もし、何も出来ないまま、どこかで白ハリくんが亡くなったりしたら、もう、原因もわからないし、わたしパニックになって、今日の収録も出来なかっただろうし」

「そうか。今日の仕事、ちゃんと出来たんだね」

「うん、なんとか。星村くんが先のことは、白ハリくんとお別れしてから考えたらって言ってくれたし、こうやって斎場も見つけてくれたから……。今日一日は、なんとか乗り越えられた。星村くんのおかげです。たくさん迷惑かけてごめんなさい。でも……本当にありがとう」

「……うん」

「それから……星村くんに言われたこと、考えてみた。白ハリくんが、しゃべっていたんじゃない。わたしが白ハリくんと話していたのは、全部わたしが作っていたことだから、しっかりと白ハリくんを見ないといけないってこと」

　星村くんは、無言になった。

「そうかもしれない、って思う。あれは本当に白ハリくんの言葉じゃないのかなって思う部分もあったりするけど……。わたしはわたしの作った白ハリくんと楽しくやっていて、本当の白ハリくんを見てなかった。だから、白ハリくんがストレスとかでこんなに早く死んじゃったのかなって思ったら、たまらない」

　また泣けてきた。昨日から泣きすぎて、頭痛がするし、これ以上は出ないんじゃないかと思うほど涙を流したのに、まだ出るのに自分でもあきれてしまった。

「……きみはさ、いつも、誰のことも見えてなかったんだ。見てなかったのは白ハリくんだけじゃない」

急に星村くんの口調が、固くこわばった。

「え」

「きみのことを好きで、ずっと心配していた人のこと、見てなかったと思う」

「あ、ああ……」

わたしはうなだれた。

「うん、そうやね。家族のこと、ずっといやで、逃げ出したいと思ってて。それってみんなの気持ちもわかってなくて心配ばかりかけてて。すごく子どもだったと思う」

「それはそうだろうね。うん。そのほかに、もっときみの近くにいた人のことも」

「ああ、そうやね。天野さんや梅桃芸能の人達とか。新人なのに、特別扱いしてもらってたのにろくに感謝もしてなくて……」

「……それもそうかもだけど、コニィでだって」

星村くんが、くちびるをとがらせた。

「あ、そうだった！　うん！　オーナーも、大山さんも、本当にわたしをかわいがってくれて……」

「……オーナーも大山さんもだけど。それだけじゃなくてさ。あのさ。まだ、いるから。本当にきみが好きなやつがさ」

「あ、花園さんのこと？　あの人は、好きだって言われても、どうしても好きになれなくて」

「そうじゃなくてさ。うーん」

星村くんが、前髪をぐしゃぐしゃっとかきむしった。

「わかった。ぼくの言い方が悪いんだな。じゃ、もっとはっきり言うよ」

星村くんが、厳しい顔で立ち上がった。そしてなぜか三歩下がって、姿勢を正したかと思うと、大きな声で叫んだ。

「嶋本コノカ！　ぼくを見てくれよ！」

わたしは、びっくりして、大きく目を見開き、星村くんをじーっと見た。

「……見てるけど」

そう答えると、星村くんがめがねをはずして、そでで、目をぬぐった。

「……そういうことじゃなくて……」

「どういうことなの？」

星村くんは、ずいっと一歩また寄ってきて、深呼吸してから言った。

「顔を見るとかそういうことではなく、もっと内面的な意味で。……つまり白ハリくんだけじゃなくて、ぼくもちゃんと見てくれよってこと。ああ、これもわからないか」

——ねえさん！

ふいに白ハリくんの声が、きんと頭の中に響いた。

（し、白ハリくん？　どこにいるの？）

それには白ハリくんは答えなかった。

——星村さんの気持ち、ここまで言われてわかりまへんか？

わたしは自分の唇に手を当ててみた。

わたしはしゃべっていないし、声も出していなかった。

なのに、白ハリくんの声は、初めて会ったときのように、耳の中に流し込まれているように、はっきり聞こえる。

——星村さんは、ねえさんのことが好きで、ずっと見てはったんです。いつもいつも、ねえさんを見てはりました。店をやめてからも、ずっとねえさんのことが忘れられへんかったんでしょうな。

(う、うそ……、そんなん全然気がついてなかった……)

——ぼくはわかってましたで。

(ほんまに？　なんで早く教えてくれへんかったん！)

——まあ、嫉妬《しっと》ってやつですかね。花園みたいなやつはともかく、星村さんは強敵やと思ったから、だまってました。ぼく、実はかなりやきもちやきですねん。

(……白ハリくん……)

——そやけどね、ぼくが消えた今、たぶんこの世で一番ねえさんのことを幸せに出来る男は星村さんです。

(わたしのことを……この世で一番……？)

——それにねえさんがこの世で一番幸せに出来る相手かもしれません。

(……わたしが？　このわたしが誰かを幸せに出来る？)

わたしは、しばらくその言葉の意味を考えた。

そしてわたしは立ち上がった。

星村くんが、再びめがねをかけようとしたのを、止めた。

そして、星村くんのめがねを取った顔をよく、見た。

汗をいっぱいかいて、息もぜいぜいいっていた。丸くて大きな黒い瞳《ひとみ》は、初めて近くで見るものなのに、どこか懐かしい感じがした。

星村くんの前に顔を寄せた。その瞳には、わたしの顔がうつっていた。

わたしは、そんなわたしの顔を見るのは初めてだった。

それに、男の人をかわいく思ったのも初めてだった。

わたしは、星村くんに抱きついた。

背中に手をまわした。

――ねえさん、さよなら。

白ハリくんの声にうなずきながら、星村くんの肩のくぼみに顔をうずめた。

(さよなら。白ハリくん。さよなら)

星村くんの手もわたしの背中にまわって、大きな手のひらが腰の上あたりに当たった。

星村くんの背中にも、わたしの背中にも、針はなかった。

だから、とてもきつく、長く抱きしめあえた。

令丈ヒロ子（れいじょう　ひろこ）
大阪府出身、児童文学作家。1990年『ぼよよんのみ』でデビュー。主な作品に累計300万部の大ヒット作となった「若おかみは小学生！」シリーズ全20巻、『メニメニハート』（以上、講談社青い鳥文庫）、『パンプキン！　模擬原爆の夏』（講談社）、『なぎさくん、女子になる』（ポプラポケット文庫）など。母校の後身校である京都嵯峨芸術大学客員教授、成安造形大学客員教授。

本書は書き下ろし作品です。

ハリネズミ乙女《おとめ》、はじめての恋《こい》

2016年12月23日　初版発行

著者／令丈《れいじょう》ヒロ子《こ》

発行者／郡司 聡

発行／株式会社KADOKAWA
東京都千代田区富士見2-13-3　〒102-8177
電話 0570-002-301（カスタマーサポート・ナビダイヤル）
受付時間 9:00〜17:00（土日 祝日 年末年始を除く）
http://www.kadokawa.co.jp/

印刷所／旭印刷株式会社

製本所／本間製本株式会社

ISBN 978-4-04-104235-9　C0093